笠間書院

はじめに

俳句ブーム、短歌ブームと言われている。真偽はともかくとして、芸能人たちが句の出来を競う俳句番組は人気だし、お茶飲料の俳句コンテストには毎年２００万句前後の応募があるし、俳句・短歌の音読や創作は小学校の学習指導要領に入っているし、何冊かの歌集は空前の売れ行きである。

しかし、俳句とは何か、短歌とは何か、と訊かれて答えられる人は案外少ない。俳句が五七五、短歌が五七五七七だったかな、と言えるだけでも上々で、筆者は、その逆を聞いたことが何度もある。俳句には季語を入れるのですよね、とさらに言える人は数割もいない。そういう人たちでも、納税や交通安全の標語と俳句の差は季語だけだと思っていたり、川柳が頭をよぎって、人情や滑稽な内容が俳句か川柳か思い出せなかったり、学校で習った、季節を詠んだ短歌が浮かんできて、季節を詠むのが俳句だけでなかったことに驚いたりする。

実は、五七五とは全く違うリズムの俳句もあるし、人情や滑稽を扱った俳句も、季語のない俳句もたくさんある。季語がある標語や川柳もある。俳句や短歌の内容にしても、目の前の自然や自分の生活だけではない。元素やウイルスの話から氷河期や宇宙の成り立ちまで、選挙からおとぎの国まで、ミサイルから楔形文字まで、何でもある。

本書『俳句ミーツ短歌』は、俳句や短歌の様々な側面を紹介することで、また、俳句と短歌の接点と違い（あ、俳句ミーツ短歌！）を紹介することで、誰でも俳句や短歌について「わかった気になれる」一冊である。「わかった気になれる」というのは、専門の学者と渡り合うのは無理にしても、それ以外の人たち相手には大いに語れるくらいの盛りだくさんな内容が、わかりやすく詰め込まれている、という意味である。学校の先生が知らなかった内容はもちろんのこと、多くの俳人や歌人も知らなかったり考えたことがなかったりする内容も惜しみなく開陳されている。学校で教えていたことの間違いを指摘する箇所もあるし、俳人や歌人によっては全否定したくなるような箇所もある。そのため、俳句や短歌が全くわからない人も、俳句や短歌のテレビ番組を見るのが好きな人も、作らないけど読むのが好きな人も、学校の先生も、多くの俳人や歌人も（短歌に詳しい俳人や俳句に詳しい歌人は少ないのだ）、興味深く読めるような一冊にしてみた。この一冊を読めば、「わかった気になれる」だけでなく、もっと俳句や短歌と関わってみたくなること必至である（たぶん）。

さて、惹句に辿り着いたところで、読者の方々に申し上げたいのは、筆者（堀田季何）の主観と主張、すなわち、現時点における、筆者の俳句観・短歌観が随所に現れていることである。文献や事実に重きを置いているが、学術書でも厳密な評論集でもないため、前述の目的のために、客観性や精確性を犠牲にしている箇所も、説明が雑であったり足りなかったりする箇所も、引用作品に不満を感じたりする箇所も散見されよう。その点は、ご寛恕願いたい。むしろ、本書のどこかの記述が引っかかって、読者がそれについてご自身で調べたくなったり、書いたりしたくなるようなことが起きれば、本望であり、筆者は大成功だと思う。

　最後になるが、本書は次のような表記・引用ポリシーを採用した。俳壇及び歌壇の慣習に従って、読みにくい作品などに、ルビを適宜附した。便宜上、ルビは新仮名遣いで統一したが、引用作品の仮名遣いは出典に従う（歴史的仮名遣いの作品は、歴史的仮名遣いのまま）。ただし、漢字については、作者が芸術上の理由で特に正字・旧字を使用した作品、及び、本人の表記を尊重した人名を除き、全面的に新漢字を使用した。なお、江戸時代までの俳諧人名は、慣習に従って、名字なしの号のみを記載した。他の名前についても、概ね慣習に従った表記を採用した。巻末に出典一覧を設けたが、頁や刊行年は省略した。異論もあろうが、予め断っておきたい。

目次

第一章 日本短詩の変態

和歌から俳句、川柳へ

日本初の短歌はｂｙ素戔嗚？

短歌や俳句について外国人の学生にレクチャーをすると、しばしば

「日本の詩はなぜ五音と七音でできているのですか」

という質問を受けます。私からは、

「わかりません」

と答えるしかありません。日本語の自然な韻律に五音や七音が合っているという説、さらには、中国の五言絶句、七言絶句といった詩の影響からという説もありますが、今のところそれらは「説」にとどまっています。ただ、紀元前から日本列島と大陸間での交流があったのは明らかですから、日本の知識階級が非常に早い段階で漢詩に触れていたことは間違いないでしょう。日本列島の各地にて祈禱などで歌われていた言葉を、漢詩を参考にしつつ、五音七音をベースに整えていったという可能性はありそうです。

平安時代に『古今和歌集』（『古今集』とも）を編纂した紀貫之がその序文[1]で、日本で最

初に三十一《みそひと》文字の歌を作った人としているのは、八岐大蛇《やまたのおろち》退治で有名な素戔嗚《すさのお》（須佐之男とも書く）です。現代人の感覚では素戔嗚は人間というよりも神ですが、貫之は神々の時代には歌の文字が定まらず、人の世となって、素戔嗚から始まったと記しています。

これは紀貫之が一人で決めたことではなく、当時の人の共通認識でした。『古事記』『日本書紀』にも素戔嗚が詠んだとされる短歌があります。それは

八雲立つ　出雲八重垣　妻籠《つまごみ》に　八重垣つくる　その八重垣を

（見事な雲のように妻を住まわせるための垣を幾重にもめぐらせるよ、ああ幾重にもめぐらせるよ）[2]

八岐大蛇を退治した素戔嗚は、櫛名田媛《くしなだひめ》との結婚生活のために出雲に御殿を造営しました。この歌はその造営にあたって詠んだとされます。つまり、日本初の短歌は、新婚夫婦のマイホーム記念の歌というわけです。

素戔嗚がこの歌を詠んだのがいつの時代かは、素戔嗚の姉とされる天照《あまてらす》が洞窟に籠もったのがいつかと同様に不明です。詳細がわからないほど昔から五七五七七の形式が存在したことを素戔嗚のエピソードは物語っています。

今に伝わる日本最古の歌集『万葉集』は、一般に七世紀後半から八世紀後半にかけて、

何人もの人の手をかけて編纂されたと考えられています。この歌集は歴代の天皇の歌を収めることで、天皇の系譜を伝える役目を果たしています。また、『古事記』の完成は和銅五（七一二）年、『日本書紀』の完成は養老四（七二〇）年。八世紀にこれらが作られたことによって、逆にその前の時代の真実は闇に葬られたのも同然です。

しかし、本書はそこを深く追求するものではありませんから、音数についての話に戻りましょう。

うたは歌う

和歌が五音と七音に整えられていく過程において、〈歌う〉都合は重要だったと思います。現代の短歌はおおむね黙読されることを前提に作られていますが、古くは儀式や宴会などで節をつけて歌うように声に出してよんでいたと考えられています。そもそも「うた」という言葉自体が、声に出して歌っていたことを示しています。一説によれば、素戔嗚などの神たちを歌詠みとして継いだのは王たちで、彼らが天と地の媒介者となり、歌によって神の言葉を伝声したそうです。

歌う場合の五音と七音のメリットがとくにわかりやすいのが長歌《ちょうか》です。長歌は「ながうた」ともいい、五七のセットを何度も五七五七五七……と続け、最後に七をプラスし、……五七五七＋七で終わります。この形式の最小セットは、「五七五七＋七」の三十一文字、つまり短歌です。

長歌の例として、『万葉集』にある山部赤人の富士山を讃える作品をあげましょう。

あめつちの　わかれしときゆ　かむさびて　たかくたふとき　するがなる　ふじのたかねを　あまのはら　ふりさけみれば　わたるひの　かげもかくらひ　てるつきの　ひかりもみえず　しらくもも　いゆきはばかり　ときじくぞ　ゆきはふりける　かたりつぎ　いひつぎゆかむ　ふじのたかねは

（天と地が　わかれたときから　神々しく　高く尊い　駿河国の　富士の高嶺を　空はるか　振り仰ぎ見て　（空を）渡る日の　姿も隠れて　照る月の　光も見えず　白雲も　（富士の威容に）進みかねていて　時ならぬ　雪が降ります　語り継ぎ　言い継ぎましょう　富士のすごさは）[3]

原文に合わせ、なるべく五七五七……に近い現代語訳をつけてみました。五七五七の繰り返しは、なんとなくノリがいいような感じがしませんか。それは五音七音で十二音のひとかたまりが作られ、二拍子で手を打てるようなリズムのパターンが連続するためではないかと思います。

長歌には反歌《はんか》といって短歌を添える習慣があります。右の長歌の反歌は、

たごのうらゆ　うちいでてみれば　ましろにぞ　ふじのたかねに　ゆきはふりける　山部赤人　4

「百人一首」のカルタで遊んでいた人はこの歌にそっくりの歌をご存知でしょう。

たごのうらにうち出でてみれば白妙の富士のたかねに雪はふりつつ　山部赤人　5

実はこちらは鎌倉時代に藤原定家が改作したものです。もとの作品の「たごのうらゆ」の「ゆ」は「より」の意味で用いられた古代の助詞ですから、「田子の浦から出ていったら」という意味です。これを定家は田子の浦で富士山を見たことに変えてしまったうえ、降雪の事実を直接的に表現した「ふりける」を「ふりつつ」とやわらかくしてしまいました。『新古今和歌集』にもこの形で収録されています。

百人一首カルタの競技会ではこれを「田子の浦にー、うち出でて見ればー、白妙のー」と一句一句の終わりの音を長く引くように読みますが、あれは歌会での読み方の伝統を踏

まえたものです。古くは歌会では作られた作品を発表（「披講《ひこう》」といいます）するのに、まずは講師《こうじ》と呼ばれる人が作品を朗々と読み上げ、さらに複数で歌うように読みました。現代でも毎年正月に行われる皇居の歌会始ではこれをやります。

歌会始の様子は、現代ではYouTubeでも見ることができます。講師のゆったりとした朗読の後、節をつけてさらにゆったりと歌うように読むので、一首だけで何分もかかります。生で体験したい人は、作品を応募してみるといいでしょう。

現代の一般的な歌会で、作品を朗々と節をつけて朗読する歌人はごく少数派ですが（ゼロではありません）、戦前までは多くの歌人が節をつけて読んでいました。国会図書館では「歴史的音源」として、与謝野晶子、北原白秋、斎藤茂吉などが戦前に録音した朗読音源を一般に公開しています。近代歌人の実際の声を聞くことができるので、こちらもぜひ検索してみてください。

短歌が日本文化の代表に

『万葉集』には長歌、短歌以外にも、五七七五七七を基本とする旋頭歌《せどうか》、五七五七七七の仏足歌《ぶっそくか》などが収録されています。しかし、平安時代には短歌以外の形式の歌はあまりつくられなくなったようです。十世紀はじめに編纂された『古今和歌集』収録の歌がほとんど短歌であるのは、短歌が中心になった証拠といえます。

なぜ短歌ばかりになったのか。これもはっきりとしたことはわかりませんが、平安時代の生活に長歌などは長過ぎたのではないかと私は思います。平安時代、宮中は夜更かしになり、夜遅くまで宴会に出席しなければならず、貴族は意外と忙しかったといいます。奈良時代より紙を入手しやすくなり、手紙を書くことも広まりました。

天皇の命令で歌集を編纂する、勅撰和歌集が作られるようになったのも『古今和歌集』からです。それ以前、平安時代初期に天皇の命令で作られた三つのアンソロジーは、『凌《りょう》雲集《うんしゅう》』（八一四年）、『文華秀麗集』（八一八年）、『経国集《けいこくしゅう》』（八二七年）のいずれも漢詩集でした。

九世紀前半までは遣唐使という制度があり、大陸の大帝国、唐に使節を何度も派遣しています。その終わりの方、延暦二三（八〇四）年の遣唐使船では空海と最澄が中国に渡るなど、唐の進んだ文化に人々の関心は高く、九世紀前半は漢文学が大変さかんでした。空海も漢詩文集を残していますが、いろは歌をつくったという伝説を残しているだけで、記録として和歌を残していません（最澄には和歌の有名な作品があります）。

ところが九世紀後半になると唐は衰え、莫大な費用を使って使節を派遣する意義がなくなりました。商船の往来により、遣唐使がないと大陸のものが手に入らないということもなかったようです。そのような状況をかんがみ遣唐使廃止を進言したのは、かの菅原道真でした。その年、寛平六（八九四）年は、平安京への遷都からちょうど百年後にあたります。

その後、いわゆる国風文化が発展していきますが、貴族に漢文の教養が求められたことは変わりません。『古今和歌集』でも序には中国の『詩経』の大序（毛詩大序）の影響が色濃くみられます。

やまとうたは、人の心《こころ》を種《たね》として、万《よろず》の言の葉とぞなれりける。世中にある人ことわざしげきものなれば、心におもふことを見るものきくにつけていひだせるなり。
（和歌とは人の心という種から生えてくる無数の葉のようなものです。この世にある人にはいろんなことがあるものですから、心に思っていることを見るもの聞くものに託して言い表したものが歌なのです）[6]

「毛詩大序」[7]では、「詩者志之所之也。在心為志、発言為詩（詩は志のゆくところなり。こころにあるを志となし、言に発するを詩となす）」。中国語では「志」とある部分が「心」になっているのが、和歌ならではともいわれます。

日本の歌を「和歌《わか》」「倭歌《やまとうた》」と呼ぶようになったのも平安時代からです。「和」をつけて「日本式」を意味する名詞は、和食、和裁、和室、和服など、いずれも外国のものとの区別が意識されるようになって生まれています。「和歌」も「漢詩《からうた》」ではないことを強調する意図が明らかです。

『古今和歌集』序では和歌の性質を次のように述べています。

ちからをもいれずしてあめつちをうごかし、めに見えぬおに神《がみ》をもあはれとおもはせ、をとこをむなのなかをもやはらげ、たけきもののふの心をもなぐさむるはうたなり

(力を使わないで天地の神々を動かし、目に見えない霊魂さえ感激させ、男女さえ親しくさせ、いかつい武士の心さえ癒すのは歌なのです)

⑧

実はこれも「毛詩大序」の「動天地、感鬼神、莫近於詩」（天地を動かし、鬼神を感じせしむるは、詩よりも近きはなし）をベースにしたと見られています。ただし、中国の詩には政治的な意味合いが強くありますが、『古今和歌集』の序にはそれはなくなっています。つまり、和歌は政治よりも人間の普遍的な心の動きをテーマにする文芸であると定義づけられたのでした。

連歌の血が濃い俳句

平安時代にいわば短詩日本代表ともいうべき位置づけがなされた短歌は、しばしば俳句の親あるいは兄にたとえられます。しかし、その間には連歌、俳諧之連歌（俳諧連歌）があります。

連歌とは、基本的には上句の五七五と下句の七七を別の人が作り、つなげていく共同作業による文芸です。個人で表現する一般的な和歌とはそこが決定的に異なります。

連歌が始まったのは、『日本書紀』に登場する日本武尊と秉燭《へいしょく》人との唱和など諸説ありますが、実際には平安時代、十世紀頃、貴族社会においてとされます。当時は上句と下句の一セット完結で、即興で機知に富んだやりとりを楽しんでいたと見られます。

その例として有名なのが、『大和物語』などにある、高貴なプレイボーイと女房の問答です。密会を約束した日に男がなかなか現れず、化粧をして待っていた女房はいつのまにかまどろみ、目を覚ましたら丑三つ時（午前二時）になってしまっていました。そこで女房は次のように書き送りました。

人心《ひとごころ》うしみつ今は頼まじよ

（「丑三つ」と「憂し見つ」をかけて、あなたの心はもう信じませんよ）⑨

上句しか書かなかったのは、「一体どういうことかしら？　下句をつけて返しなさいよ」という意味です。すると返書には、

夢に見ゆやとねぞ過ぎにける

（「子《ね》の時」と「寝」をかけて、あなたが夢に出るかなと思って寝過ごして丑三つ時になってしまいました）⑩

このエピソードの主人公は、桓武天皇の孫である良岑《よしみねの》宗《むね》貞《さだ》、出家後の名を僧《そう》正《じょう》遍《へん》昭《じょう》といいます。六歌仙の一人に数えられ、百人一首にも「あまつかぜ雲のかよひぢ吹きとぢよをとめの姿しばしとどめむ」が収められています。

このような短い問答に飽きたらなくなったのか、連歌はだんだん長くなっていき、鎌倉時代後半、十三世紀頃には上下各五十句の百句セット（百《ひゃく》韻《いん》）が基本となりました。また、庶民の間にも連歌が広がり、庶民的なおもしろさ重視の方向性と、貴族的な和歌の教養や情緒を重視する方向性とが生まれ、発展していきました。

その背景には十三世紀頃には、すでに短歌がマンネリ化していたことが挙げられます。私が考えるに、貴族たちはそれまでに五百年以上もの間、共通の言葉、共通の知識、共通の価値観で短歌を作り続けたのですから、多少の変化や流行があっても、限界が来ていたのではないか。当時の貴族にしてみれば、自分の兄弟姉妹や姻族だけでなく、両親も、その両親も、その両親も、その両親も……気の遠くなる昔からずっと似た短歌を作り続けてきたのです。複数人で即興的に作る連歌の方が面白く感じ始められたのは当然の成り行きでしょう。

結局のところ、近代になるまでの短歌は、中世における京極派が最後の光芒になりました。定家の孫が相続をめぐって不和となり、二条家、京極家、冷泉家と分かれたのが発端です。その子たちの代になり、二条派が大覚寺統（のちの南朝）と結んで保守的な歌風を続けたのに対し、京極為兼が率いる京極派は持明院統（のちの北朝）宮廷において歌壇を築き、破格かつ清新な歌風を流行させました。為兼の他、伏見院、永福門院、花園院、光厳院らが活躍、時代を先取りしたような、繊細な感覚的表現による歌を詠みました。実感を尊んだ、ときには写実的といえるほど繊細な光の動きや色の移ろいに深い心境の描写を合わせた風体は、京極派が手掛けた勅撰和歌集である『玉葉和歌集』及び『風雅和歌集』で顕著です。一例として、永福門院の歌を挙げてみましょう。

花の上にしばしうつろふ夕づく日入るともなしに影きえにけり　永福門院

（桜の花のうえに、しばらくのあいだ夕日がさしていた。ところがその夕日が沈んだとも思えないうちに、その光が消えてしまった。花の姿も消えてしまった）

11

南北朝時代、庶民（といっても、当時は教養のある知識階級です）の連歌と貴族の連歌の両方を研究した二条良基（前述の二条派とは無関係）は、連歌集『菟玖波《つくば》集』（一三五六年成立／全二十巻）を編纂し、婆娑羅《ばさら》大名として知られる佐々木道誉《どうよ》の協力を得て、『菟玖波集』を準勅撰という権威づけをすることに成功しています。連歌は歌とは別の低級な遊びだと思われていたので、このことは世間をびっくりさせました。

その後、二条良基の著述は連歌のベースとなるのですが、庶民はさらに庶民的な方向に進み、それは室町時代に「俳諧之連歌」「俳諧連歌《はいかいのれんが》」と呼ばれるようになります。

「俳諧」はもともと中国で滑稽に近い意味で用いられた言葉です。『古今和歌集』では言葉遊びのおもしろさやパロディの歌を「俳諧歌」として、「雑体」という分類に含めました。

梅の花見にこそ来つれ鶯のひとくひとくと厭ひしもをる　**読み人しらず**

(梅の花見に来たわけだが、鶯が「人が来る、人が来る」と私を嫌うのは何でだろう) 12

庭の梅を見ているだけなのに、その家の女性にすごく嫌がられた、という状況なのかもしれません。鳥の鳴く声を言葉として聞く例としては、『万葉集』に「烏とふ大をそ鳥のまさにでも来まさぬ君をころくとぞ鳴く 13 (烏というおばかな鳥がよくもまあ来ない君を「来る(子ろ来)」と鳴くわ)」があり、それを知っている人たちはこの歌をさらに面白く感じたことでしょう。

もう一首例をあげます。

山吹の花色衣ぬしや誰問へど答へずくちなしにして　**素性法師**

(山吹の花の衣よ。おまえは誰と聞いても答えない。くちなし(くちがない)か) 14

花を「山吹色の衣を着ている人」と擬人化して呼びかけています。くちなしは染色の材料にもなり、くちなし色と山吹色は近い色なので、「山吹だと思ったけど、くちなし?」というジョークが成立するのです。

このような平安貴族的な「俳諧」に比べ、室町時代の庶民はもっと俗な言葉を使って連歌を楽しむようになりました。和歌の世界では、漢語や外来語、話し言葉や流行語といった卑俗な言葉（俳言）や下ネタのような卑近な素材を使ってはならないという決まりがありましたが、そのような決まりを外し庶民的な諧謔精神を発揮した連歌は、俳諧連歌（連句）と呼ばれるようになります。

　きりたくもありきりたくもなし
ぬす人をとらへて見ればわが子なり

　かすみの衣すそは濡《ぬ》れけり
佐保姫は春立ちながら尿《しと》をして

佐保姫（春の女神）が立ったまま尿をしているという、お下品な句も俳諧では許されるのです（貴族の和歌では「尿」などという言葉は使われません）。

室町時代末期に荒木田守武、山崎宗鑑、織豊期の里村紹《じょう》巴《は》といった人々の活躍により、俳諧連歌はより洗練されていきます。江戸時代になると俳諧連歌は単に「俳諧」とも呼ばれ、文芸としての形式が整理され、連歌よりも式目（ガイドライン）のゆるい形式になります。百韻の形式が基本だった連歌に対し、俳諧は歌仙の形式である三十六句が基本ですが、「発句」と呼ばれる最初の句の特別な性格は引き継がれました。「発句」は「ほっく」あるいは「ほく」と読みます。

　発句がなぜ特別かというと、連歌・連句は句と句のつながりかたを鑑賞するものですが、最初の句である発句には前句がない、ということです。そこで発句は（基本的な定型である）五七五だけで一つの世界を立ち上げる力があることが重視されるようになりました。つまり、発句には想像力を強く喚起する力が必要なのです。そのため、「かな」「や」「けり」などを用いるなど、「切れる」ことを重んじるようになりました。その他にも発句は場への挨拶の意味をもたせ、全体の調子を決定づけるといった役割もありました。こうした発句の性格は現代の「俳句」に受け継がれています。

　発句は特別扱いされるもので、必ずしも歌仙の場で発句として作られずに、いつか歌仙で出せることを想定して、「地《じ》発《ほっ》句《く》」として単独で作られることもありました。江戸時代前半までは有名な俳諧師でも個人の発句集を残している人は多くありません。松尾芭蕉でさえ生前は一門での俳諧の作品と発句からなる撰集を刊行したのみでした。俳諧師の評価は発句だけで決まるものではなく、俳諧の一座の取りさばき、いわばディレクターとしての腕も重視されていたのです。

荒海や佐渡に横たふ天《あまの》河《がわ》　芭蕉

　発句には、右のように「季語」のもとになる「季《き》の詞《ことば》」を入れる場合が多かったのですが、それは発句の挨拶性のためにその時季を感じさせる言葉を入れると便利であったことが理由の一つです。季の詞のない発句もたくさんありました。発句を、季節を詠むものや季の詞を詠みこむものだったと思っている人は少なくありませんが、誤解です。俳諧連歌の平句（ひらく　最初の発句や最後の挙句など、特別な意味合いを持つ句ではない普通の句）にいたっては、季の詞が入っている季（有季）の句と入っていない雑《ぞう》（無季）の句がありますが、季の句に出てくる季の詞はその「場」とは何の関係もなく、前の句への付けとして、歌仙での位置を考慮しながら決められる言葉に過ぎません。題詠のようなものであって、フィクションです。

　そもそも、平句だけでなく、単独で作られる地発句も含めた発句も、連句に出されて、誰かが七七で付け、それに誰かが別の五七五を付ける、いわゆる「付け合い」が続くことを想定しています。そして、発句自体もその「場」への付けです。発句も連句全体も「付け合い」の作品であって、季節の文学ではないのです。

「俳句」という言葉は、俳諧の句のことで、元々は発句も平句も含まれていました。明治になり、地発句が完全に独立してそれを「俳句」と呼ぶようになったため、俳諧連歌は「連句」と呼ばれるようになりました。

付句から始まった川柳

俳句と同じく川柳も俳諧連歌の流れを引くものです。

川柳とは人名、正確には号であることをご存知ですか。江戸時代の柄井川柳《からいせんりゅう》が初代で、現在に至るまで「川柳」は継承されています。十五世川柳であった脇屋川柳の死後、二つの系譜に分かれたため、川柳宗家の当代は、脇屋川柳及び青田川柳に師事し、脇屋川柳の弟弟子であった青田川柳（十六世）と石川川柳（十七世）を継いだ平川柳（十八世）と、脇屋川柳に師事した尾藤川柳（十六世）の両名がそれぞれ名乗っています。ご覧の通り、後継者の川柳たちは柄井家の子孫ではありません。

初代の川柳は十八世紀後半、浅草の名主の家に生まれながら、「前句付」というジャンルの点者（点をつける判定者）として大人気を博しました。前句付とはある句を題とし、

「これに付ける句を考えましょう」というものです。五七五が題なら七七を付け、七七が題なら五七五を付けます。どちらにしても気の利いた言葉で「うまいことを言うね」と人を唸らせたり、笑わせたりするのが良い付け方とされています。

句に合わせる句を競い合うものには、ほかに笠付《かさづけ》（題として上五を出し、中七下五をつける。冠付とも）、沓付《くつづけ》（下五を題とする）、小倉付（百人一首に関する言葉を題とする）などが行われています。付句はちょっとした参加費を払って参加し、高得点の人には景品が出ることが多かったようです。

そんな中、高得点の付句を集めた俳諧の書『武玉川《むたまがわ》』（紀逸撰、一七五〇～五六年刊）が大人気となりました。その高得点句とは次のようなものです。

間夫《まおとこ》の命拾ふて蚊に喰れ

（浮気中に相手の夫が帰ってきたので、草むらに隠れたようです。見つかったら殺されていたかも）

女房に惚れて家内安全

（十七の付句。江戸の世も今も家内安全の要は変わりません）

不機嫌な日は音のない臺所

（夫婦喧嘩で妻が不機嫌になり、炊事をしないのでしょう）

『武玉川』のスタイルを参考にし、それ以上の大成功をおさめたのが、先ほど紹介した柄井川柳が撰をした『誹《はい》風《ふう》柳《やなぎ》多《だ》留《る》』です。

柄井川柳は、宝暦七（一七五七）年八月、江戸で「万句合」という興行を始めます。最初は三百句も集まらず、名ばかりの「万句合」でしたが、やがて本当に万を越える投句が集まるようになりました。川柳の句合は月に三回、五のつく日に行われたので、十日で一万句に目を通した計算になります。点が他よりもらいやすく、景品が良かったのが人気の理由とされますが、撰にも魅力があったのでしょう。

川柳の万句合の優秀作を集めた『誹風柳多留』の初篇（一七六五年刊）には次のような句が並んでいます。

役人の子はにぎ〳〵をよく覚え

（賄賂の句として有名ですね）

かみなりをまねて腹掛やつとさせ

（雷様は子どもの臍を取るといわれていました）

これ小判たつた一《ひと》晩居てくれろ

（少し大きなお金が手に入っても、借金の返済ですぐに消えてしまうようです）[18]

『誹風柳多留』は一句だけ読んでも意味が通るものを厳選して掲載しています。そこが大いに受け、柄井川柳の生前二十九篇まで出版されました。その後も川柳の継承者たちにより天保一一（一八四〇）年刊行の一六七篇まで続けられました。それにより、時事や人情の機微、歴史などを題材におもしろく五七五を詠む文芸は「川柳」と呼ばれるに至ります。なお、前句付、笠付などをまとめて「雑俳《ざっぱい》」ともいいます。

俳句と川柳の境界

正岡子規は、俳諧連歌には否定的でした。個々人の芸術的発露を重んじた、当時主流の文学観を反映し、子規は「連俳は文学に非ず[19]」と発句を連句から完全に独立させ、単独の芸術作品として、その後の付け句を想定しない「俳句」の創作を奨励しました（とはいえ、子規自身は高濱虚子をはじめ門人たちと連句を楽しんでいました）。

広義の俳句は、俳諧の句すべてを表しますので、「古典俳句」という扱いで俳諧連歌の句を含みます（江戸時代には、すでに「俳句」という言葉が使われています）が、狭義の俳句は、付け合いを一切想定しない、発句を完全に独立させた、近代以降の詩型を指します。

完全に独立させるということは、発句への付けを想定しないばかりか、「場」への付けという挨拶性も必要でなくなり、自由に発想できる一句の文学作品になったということです。そのため、近代以降の俳句の在り方については、様々な主張が発生します。季語、季題、挨拶、季感、滑稽……といった要素の一つ以上を必要だとする主義主張はよく見かけますが、いずれもルールではありません。近代以降の俳句において、季語は季の詞を拡張させたものですし、季題は連句の付け合いにおける題詠的な性格の一部を受け継いだもの（近代俳句以降の）、挨拶は発句の挨拶性と子規が主張した「写生」を合体させたもの、季感は季語を挨拶ないし写生の側面でとらえようとしたもの、滑稽は俳諧の精神の一つ、といった具合で、多くの主義主張は連句の性格を引きずっていたり、発展させたりしたものです。同時に、自由に発想できる一句の文学作品になったということは、近代以降の俳句は、発句の定型からも自由になったと見なすこともできます。自由律俳句についても、後の章で少し触れます。

子規の時代以降、俳句人口が激増していく反面、連句人口は激減してしまいます。子規の親友である夏目漱石に英語と俳句を教わった寺田寅彦は、「現代の所謂俳壇には事実上唯発句があるばかりで連句は殆どない。子規の一蹴によつて此の固有芸術は影を消してしまつたのである。併し歴史的に見ても連俳あつての発句である。〈略〉発句が唯一枚の写真であれば連俳は一巻の映画である」[20]と連句を擁護しつつ、俳壇におけるその衰退を嘆いています。これが書かれた昭和初期にすでに連句をやる人がほとんどいなかったわけですが、今はもっと少なくなっています。

一方、俳句と同じく川柳も近代のジャーナリズムを媒介として生き残ることに成功しました。正岡子規が俳句欄の選者をしていた新聞「日本」で川柳欄の選者をしていた井上剣花坊は、明治大正を代表する川柳作家（川柳人、柳人）といえます。剣花坊は川柳を「詩」とみなし、「私が新川柳に対して持っている主義は、この短き詩を徹底した民衆芸術たらしむることと思います[21]」と芸術志向の指導をしました。

おもしろい俳句もまじめな川柳もありますが、現在では、俳句はまじめなもの、川柳はおもしろいものというイメージが強いと思います。俳句のまじめなイメージには、世界で最も有名な俳人である芭蕉が「さび（寂）」を重んじたことや近代以降の俳句が季節を重んじたことが影響しているでしょう。川柳のおもしろいイメージには、「万句合」という興行から現代の「サラリーマン川柳」に代表される数々の川柳コンテストにいたるまでの、素人愛好者を対象とした商業的企画が川柳のイメージをつくり上げているからでしょう。そのため、俳人が作る俳句よりも、川柳作家が作る川柳をマスメディアで目にする機会は少ないようです。川柳にもすばらしい芸術作品があることを日本語話者が顧みないのは残念です。

例えば昭和初期の川柳作者の一人に、鶴《つる》彬《あきら》がいます。

五と五とは十だと書いて死にました
去勢してさあ革命を言ひたまへ
万歳とあげて行つた手を大陸において来た
手と足をもいだ丸太にしてかへし
鶴彬

これらを含めた作品が治安維持法に反するとして勾留され、鶴彬は二十九歳の若さで獄中死を遂げました。そして戦後の川柳は次の水栓の句のような心象から再出発します。

水栓のもるる枯野を故郷とす　河野春三

焼死体　時間をかけて猫になる　定金冬二 23 24

句集『有夫恋』がベストセラーになった時実新子は個性的な表現でも、共感を成り立たせることができる稀有な作者でした。

凶暴な愛が欲しいの煙突よ　時実新子

五月闇生みたい人の子を生まず

感染ってもいいかと愛は愛は愛は

ももいろの猫抱きこれからがおぼろ 25

激しいながらも多くの女性が共感できた時実新子作品に対し、平成を代表する川柳作家、石部明の作品は読者の共感というものをそもそも期待していないかもしれません。

かげろうのなかのいもうと失禁す　石部明

梯子にも轢死体にもなれる春

忽然とわたしを消しておく九月
逃げのびた町の大きな仏壇屋

26

さらに、今を時めく暮田真名の川柳になると、徹底的な現代口語で詩が紡がれます（五七五の定型と七七の定型、両方で作句しています）。

いけにえにフリルがあって恥ずかしい
ウエットティッシュの重さで沈む屋形船
出血後、とても無口な。薄明の。
コップの水にひそむ交番

暮田真名

27

このような現代の川柳を眺めていると、口誦性と片言性を重んじる坪内稔典の俳句との境界はどの辺であろうか、真剣に考えてしまいます。

たんぽぽのぽぽのあたりが火事ですよ
春の風ルンルンけんけんあんぽんたん

坪内稔典

日本の春はあけぼの犬の糞
か、仮に　女盛りの昼へ行く

28

俳句と川柳は、発句由来と平句由来という差がありますが、作品だけでは、見分けのつかない場合もあります。川柳を滑稽や人情と結び付けようにも、どちらも俳諧連歌から発生しているので、滑稽を含む俳諧の精神がありますし、いわゆる「人間探求派」の俳句など、人間を詠む俳句には人情も散見されます。発句から出発した俳句が切れを重視するのに対し川柳はそうではない、平句から出発した川柳の方が季の詞ないし季語を入れないことが多い、などが一応の目安となりますが、見た目での区別は不可能なことが多いです。

私自身もグレーゾーンの句をよく書きます。俳句を書いたつもりですが、俳句なのか川柳なのかその他の一行詩なのか、もはや私にもよくわかりません。ただ、これらのようなグレーゾーンの大渾沌《パンデモニウム》のど真ん中から、短詩の新しい論作が生まれてくるのではと、直感的に思っています。

ぐらぐらになった詩人が生えている
はははははハハハハハハ歯歯歯歯歯

堀田季何

警察の蜥蜴はいつも濡れている

29

第二章

言葉はどこから俳句になるのか

短歌、俳句、自由詩へ

短歌、俳句、自由詩の区別

第一章の終わりでは、俳句と川柳の区別が難しいことを紹介しました。では、短歌、俳句、自由詩の区別なら簡単にできるでしょうか。

早速ですが、次の①～③の作品が、短歌、俳句、自由詩のどれに該当するかを当ててみてください。

①

自然がずんずんからだのなかを通過する――山、　山、　山！

②

春

てふてふが一匹韃靼海峡を渡つて行つた。

③

くるしくて
みな愛す
この
河口の海色

1
2
3

　区別に自信がない人に向け、着目すべきポイントを二つお教えしましょう。

　一つ目は、題名があるかないか。近現代の西洋詩では短い作品にもほぼ必ず題名をつけ、無題の場合は「無題」が題名となります。明治時代、日本語で西洋風の詩を作ることにチャレンジした人たちは、その題名のつけかたを真似しました。短歌や俳句（発句）では一首、一句それぞれが一つの作品ですが、そのすべてに題名をつけることはしません。

　二つ目は、多行書きかそうでないか。日本語で短歌や俳句を書く場合、一行で書くのが基本の形であり、本や雑誌でも普通は一行で印刷されます。色紙などに、字空けや改行をして書かれているのは（「分かち書き」ともいいます）、美的なバランスを整えるための特別な操作ですし、テレビや広告などでの分かち書きは、画面や読みやすさの都合でしょう。明治時代以降、石川啄木の三行書きや高柳重信の多行形式俳句に代表されるように、西洋詩の影響のもと、短歌や俳句に多行書きの作品が出てきますが、一行表記と違う効果を狙った結果であり、例外です。

　この二点を踏まえ、さきの三つの作品が短歌、俳句、詩のどれに該当するか考えてみましょう。

　最初の作品は、短歌です。作者の前田夕暮は初めて飛行機に搭乗した際、「驚異」のためにこのような定型外の歌が「口をついてでた」ことをきっかけに、定型から逸脱した短歌を作るようになりました。

　二番目は題名があることから、自由詩であることがすぐわかりますね。安西冬衛という詩人による、昭和のモダニズムの一行詩の傑作です。

　三番目は、高柳重信という俳人の俳句です。彼は多行書きにより、俳句に西洋詩の持つ物語性を加え、スケールの大きな作品を生み出しました。短歌や俳句は基本的に一行書きというヒントを出しておいて多行書きの俳句を持ってきたのですから、ひっかけ問題ではないかとお叱りを受けるかもしれませんが、多行書きの作品があることも紹介しておりました。

　一番目の短歌、三番目の俳句は、短歌・俳句のよくある形から逸脱しているものの、どちらの作者も短歌らしさや俳句らしさを捨て去ろうとしたわけではありません。題名がないことも伝統にのっとっています。

さて、次の四作品はいかがでしょう。ヒントですが、短歌と俳句しかありません。

①童貞聖マリア無原罪の御孕りの祝日日和とはなれり

②何かせねばおさまらぬ手がこうして石をにぎりしめたり

③凡そ天下に去来程の小さき墓に参りけり

④お前に長い手紙がかけてけふ芙蓉の下草を刈つた

俳句の一番基本的な定型は五七五の三句構造で一七音、短歌の定型は五七五七七の五句構造で三一音ですので、普通は俳句の方が短いです。ただし、音数に関しては特殊な例もあります。①は、夏井いつきの俳句で、普通の短歌より長い三三音です。「童貞聖マリア無原罪の御孕りの祝日」という季語だけで二五音あります。中七の「祝日日和」は七音、下五の「とはなれり」は五音と、過不足ありませんが、上五「童貞聖マリア無原罪の御孕りの」が異様なほどの字余りであることがわかります。②は高瀬一誌の短歌で、初句の五音が六音の字余りになっているものの、三句目の五音が欠落しているため、二七音しかありません。①の俳句よりも短いです。③は高濱虚子の俳句で二五音です。中七下五の「小さき墓に参りけり」は過不足ないものの、上五の「凡そ天下に去来程の」が字余りになっています。④は河《かわ》東《ひがし》碧《へき》梧《ご》桐《とう》の俳句で二八音あります。この句は、定型をベースに字余りさせた句でなく、定型から離れた自由律の句です。

何と、②の短歌は、③の俳句より少しだけ長いものの、①と④の俳句より短いのです。①と③は、後半部分が俳句の定型である中七下五を保っていますので、俳句だと想像がつくかもしれません。同様に、②は、後半部分が短歌の定型である下句の七七を保っていますので、短歌だと想像がつくかもしれません。しかし、④は、長律の自由律俳句ですので、短歌なのか俳句なのか判別は困難です。

広義の「詩」は不自然な言葉

日本では短歌、俳句、自由詩の区別があるように、作者にも俳人、歌人、詩人という分け方もあります。しかし、江戸時代までは「詩」という言葉が意味するものは漢詩で、

「詩人」とは漢詩人でした。

日本では近代に西洋詩の影響下に始まる自由詩が「詩」を意味するようになり、自由詩を書く人が「詩人」を名のるようになりましたが、広義の詩、poetryとは特定のジャンルに限定されるものではありません。西洋詩とは関係のない詩は世界中にあります。アフリカにもアジアにも詩はあり、叙事詩から抒情詩まで内容も形式も非常に広いものです。無文字の言語にも詩はあります。

しかし、広義の詩とは何かということについては、いまだに議論が続いています。マスメディアも「あなたにとって詩とは何ですか」という質問をときどき文学者に投げかけますが、それこそ定義がない証です。確固たる定義があれば、各人に問うまでもありません。

私自身はシンプルに「詩とは意識された不自然な（もしくは、強調された）言葉の並びである」と考えています。意識的である点がとても大事で、そこはダンスに近いでしょう。ダンスというのはただの動きではありません。跳ぶ、回るという動きの一つ一つに何らかの意図があります。詩も同じように意識された、プログラムされた言葉であって、完全な無意識ではありません。無意識の状態で書くことをあえてやる自動筆記の詩にも、「無意識の状態で書く」という意図が働いています。

その意味で、短歌や俳句はまぎれもなく詩といえます。定型であることがすでに不自然です。日本語は五音七音になりやすい言葉ですが、それだけで話すということはまずありません。また、定型ではない律の短歌や俳句でも、言葉の飛躍や象徴があったり、極端な省略があったりすることは自然とは言い難いのではないでしょうか。

歌舞伎の台詞も一部が詩的な表現になっています。五七調の決め台詞がそれです。大事なシーンでわざと不自然な言葉を発することによって、緊張感や華やかさをつくり出しているのです。

西洋からの「詩」

明治時代初期、西洋風の詩を日本語で作ろうと試みた人たちが頼りにしたのも、五七調のリズムでした。

明治一五（一八八二）年、西洋詩のような詩を日本語で作ることに挑戦した、初めての出版物『新体詩抄』（丸善）が出版されました。著者の外《と》山《やま》正《まさ》一《かず》、矢田部良吉、井上哲次郎は、いずれも外国語に堪能なエリート学者です。彼らは「泰西の『ポエトリー』と云ふ語」が詩と歌を総称することを理由に、和歌の長歌を参考にして作りあげたスタイルを「新体詩」と名付けました。和歌の長歌は、前章で紹介したように、五音＋七音を繰り返し、最後を七音で止めるものですが、彼らは七音＋五音を繰り返す形式を採用しています。その『新体詩抄』の作品から、とくに有名なものをあげます。

抜刀隊　　　　　　ゝ山仙士（外山正一）

我は官軍我敵は　天地容れざる朝敵ぞ
敵の大将たる者は　古今無雙の英雄で
〈略〉
敵の亡ぶる夫迄は　進めや進め諸共に
玉ちる劔抜き連れて　死ぬる覺悟で進むべし

8

「抜刀隊」は西南戦争で結成された、剣術にすぐれる兵を集めた隊です。フランスの「ラ・マルセイエーズ」を意識して作られたこの作品は、のちにお雇い外国人シャルル・ルルーによって曲がつけられ、軍歌となりました。それが理由で有名になったのです。

右にあげたのは一番の一部で、全部で六番まであります。和歌の長歌よりもさらに長くなっているのは、彼らが長さを望んだことに由来します。「三十一文字や川柳」のように短いものでは「線香烟火か流星位」の思いしか表現できず、西洋のように「少しく連續したる思想」[9]を表現するにはもっと長くなければいけない、というのが彼らの考えでした。英国公使館の通訳で、俳句を英語に初めて翻訳したとされるアストンも同じようなことを述べています（アストンについては十七章で改めて取り上げます）。

当時から批判も多かった『新体詩抄』でしたが、世間に与えたインパクトは非常に大きく、西洋文学に親しむ人々が新体詩の実作に挑戦するようになりました。その一人が、島崎藤村です。『破戒』『夜明け前』などの小説で知られる藤村ですが、もともとは英語の教師で、新体詩の詩集『若菜集』（春陽堂／一八九七年）で世に出ています。

『若菜集』の作品の一例をあげておきます。

秋のうた　　**島崎藤村**

秋は来《き》ぬ
　秋は来ぬ
一葉《ひとは》は花は露ありて
風の来て弾く琴の音《ね》に
青き葡萄は紫の
自然の酒とかはりけり

[10]

『若菜集』でも『新体詩抄』の七音五音で一句とするスタイルがほぼ踏襲されていますが、「秋は来ぬ」の繰り返し部分のように、それ以外のパターンも加えられています。

新体詩は『若菜集』の後に、より自由な表現が探求されるようになり、口語を取り入れる試みも始まりました。やがて七音五音の縛りもなくなり、「自由詩」という名称が一般的になるのでした。

自由詩といっても、五七調が完全に消えたわけではありません。昭和初期から長く愛されている自由詩には、五音七音のリズムを活かしたものが少なくないです。次の作品は、その代表といえるでしょう。

サーカス　　**中原中也**

幾時代かがありまして
　茶色い戦争ありました
幾時代かがありまして
　冬は疾風吹きました

幾時代かがありまして
　今夜此処での一と殷盛《さか》り
　　今夜此処での一と殷盛り

サーカス小屋は高い梁《はり》
　そこに一つのブランコだ
見えるともないブランコだ

頭倒《さか》さに手を垂れて
　汚れ木綿の屋蓋《やね》のもと
ゆあーん　ゆよーん　ゆやゆよん

⑪

「俳句は文学」宣言

日本で西洋風の日本語詩を作る人が増え始めた頃、俳句を西洋詩と同列に見るべきだと声高く主張したのが、正岡子規でした。

『新体詩鈔』が世に登場した頃、愛媛の松山中学校の学生だった子規は、明治一六（一八八三）年に上京、翌年東京大学予備門に入学しました。その後、当時の教育システムにのっとり、明治二三（一八九〇）年帝国大学文科大学哲学科に進んでいます。明治の帝大といえば、末は博士か大臣かというエリートコースでしたが、子規はそのコースをまっすぐに進みませんでした。明治二五（一八九二）年に退学した理由については、文学に熱を入れるあまり落第し、旧松山藩主が運営する奨学金制度の対象外となった等の経済的事情と考えられています。アカデミズムの王道を外れた子規でしたが、日本新聞社の社長と懇意になり、同社社員の地位を得て、日刊新聞「日本」文学欄という発表の場を得ることになるのでした。

　明治二八（一八九五）年十月から十二月にかけて同紙で連載された「俳諧大要」は、彼の俳論の代表的なものです。その冒頭では、俳句は文学として西洋由来のアートと同じように見るべきだと、力強く訴えています。

> 俳句は文学の一部なり。文学は美術の一部なり。故に美の標準は文学の標準なり。文学の標準は俳句の標準なり。即ち絵画も彫刻も音楽も演劇も詩歌小説も皆同一の標準を以て論評し得べし。

子規のいう「標準」は、現代語の「基準」と読んでよいでしょう。俳句は芸術の一分野である文学に属し、他の芸術と同じように美を問われるもの、というのが彼の主張でした。ちなみに「絵画、彫刻、音楽、演劇、詩歌小説」はすべて明治になってから一般に用いられるようになった言葉です。

子規は絵画を参考に「写生」を短歌や句を詠む手法として提唱しました。現在では俳句といえば当たり前のように写生について言われますが、子規にとって写生は単なる手法ではありませんでした。近代的な視点を表現する方法でもあったのです。そのことを俳文学の研究者、山下一海は、「子規の写生は、従来の既成概念にとらわれずに、ものを見てありのままに描き出すことによって、近代的な個人を生かそうとするものであった」[13]と評しています。さらに、「子規はそのことによって、平坦な味わいの中に、独特の詩情を表すことに成功した」と、次の三句を成功例としてあげています。

正岡子規

柿くへば鐘が鳴るなり法隆寺
いくたびも雪の深さを尋ねけり
鶏頭の十四五本もありぬべし
[14][15]

今でこそザ・俳句として語られるこれらの句は、発表のときにはごく自然な日常性や細やかな着目点が非常に新しいものとして注目されるとともに、江戸時代からの語彙やスタイルを踏襲して俳句を作る人たちの反撥を買いました。

当時、子規とその仲間は「新派」と呼ばれ、対立する側は「旧派」と呼ばれました。新旧の対決は新聞という新しいメディアを拠点とした子規に分があり、次第に旧派は衰退していくことになります。

俳句の革新の継続

俳句の革新者たる子規は、文学としての俳句を揺るぎない五七五の枠組みに閉ざすつもりはなかったようです。『俳諧大要』でも、「その音調は普通に五音七音五音の三句を以て一首と為すと雖も、或は六音七音五音なるあり、或は五音八音五音なるあり、或は六音八音五音なるあり、その他無数の小異あり」と十七音以外の俳句を認めています。

本人の作品にも次のようなものがあります。

春や昔十五万石の城下哉　　正岡子規

糸瓜咲いて痰のつまりし仏かな [16][17]

「十五万石」は子規の故郷、愛媛・松山のことです。また、「糸瓜」は子規の病室から見えた糸瓜で、糸瓜は痰切りになることから、痰に苦しむ子規のために育てられていました。「仏」は自身のことです。

明治三五（一九〇二）年九月、死を悟った子規は前の句を含めた糸瓜の句を三つしたため、その後は二度と句を詠むことはありませんでした。満三十四歳という若さでした。子規の死後、新聞「日本」の選者を引き継いだのは、子規の高弟、河東碧梧桐です。彼は子規の俳句革新の精神を継承、発展させてゆきます。そのことから、碧梧桐を子規の後継者だという人もいます。

学校で「子規の後継者は高濱虚子」と習った人もいるでしょう。しかし、事実はちょっと違うのです。たしかに子規は碧梧桐と並び虚子を高く評価していました。亡くなる七年も前、明治二八（一八九五）年、子規は碧梧桐ではなく虚子を呼び出し、「我が相続者は君なり[18]」と直接告げたほどです。しかし、そのとき虚子は「いやでいやでたまらぬ学問までして、文学者にならうとは思はず」と拒絶しました。

自らの意思で子規の後継者の座を逃れた虚子は、明治四十年代、小説の執筆にエネルギーを傾けました。子規一門の雑誌『ホトトギス』は、虚子が編集者としての権利を持ち、子規没後は夏目漱石の『吾輩は猫である』（明治三八（一九〇五）年連載開始）、『坊ちゃん』（明治三九（一九〇六）年）が評判となったほか、伊藤左千夫、野上弥生子、鈴木三重吉などを輩出しています。この頃の『ホトトギス』は俳句よりも小説が中心になっていました。

虚子が小説を書いている間に、碧梧桐は俳句と書に集中し、新派の俳句を広める全国行脚を実践します、「三千里」ともいわれる長い旅をしながら句を作り続けるうち、碧梧桐は子規の使わなかった言葉で実際に見たもの、感じたものを表現するようになります。やがて音数や季題にとらわれない「新傾向俳句」を打ち出しましたが、それは子規から離れたことを意味したわけではありません。本人としては、子規の「写生」の教えに従って前進した結果でした。見たまま感じたままを表現するには従来の定型や季題の扱い方に無理があるように感じた碧梧桐は、俳句を改造するのが子規の教えにかなっていると思ったのです。

思はずもヒヨコ生まれぬ冬薔薇《ふゆそうび》
空《くう》をはさむ蟹死にをるや雲の峰　　河東碧梧桐

蝶そそくさと飛ぶ田あり森は祭にや　19

作者の気持ちを表す「思はずも」や、カタカナの「ヒヨコ」は、二十一世紀の今でも句に使うのを避ける人が多いのではないでしょうか。

大正のはじめ、碧梧桐の「新傾向俳句」に反対する意思をもって、小説家として大成できなかった虚子が俳壇に本格復帰します。大正元（一九一二）年から翌年にかけ連載した「俳句入門」という文章で、「俳句は形式を先にして生まるゝ文学である。クラシカルな匂ひを生命とすべきである。十七字、季題趣味といふ二大質の上に立脚して、或限られたる詩の一角を領有すべきである[20]」と碧梧桐の運動を否定した虚子は、『ホトトギス』の中心を散文から俳句に戻すことに意欲を燃やしました。この頃の心境を詠んだ句といえば、

春風や闘志いだきて丘に立つ　高濱虚子　21

自分は俳句を守るために碧梧桐と戦うのだ、という「闘志」です。

虚子の復帰は保守派に歓迎され、俳壇の中心は大正年間のうちに虚子の側に移りました。俳句に安定感を求める人がそれだけ多かったといえます。大正十二（一九二三）年には大

手町に竣工した丸ノ内ビルヂング、いわゆる丸ビルにホトトギスのオフィスをかまえるほど、経済的にも成功しました。

他方、碧梧桐は革新の旅を続けます。物理的にも旅が多く、大正時代には朝鮮半島、中国大陸、ヨーロッパ、アメリカを巡っています。この時代の碧梧桐の作品は、定型から大きく離れることもありましたが、本人はあくまで子規の革新を追いかけていて、奇をてらってやっていたわけではないのです。

踊の輪われを包めり
冬夜子供の寝息我息合ふや
パン屋が出来た葉桜の午の風渡る
夜も鳴く蝉の灯あかりの地に落る声
隣の柚子が黄ばんだ雨上がりの日でした

河東碧梧桐

昭和の碧梧桐はさらに新たな俳句の方法を見つけます。それがルビ（ふりがな）です。ルビがないとどう読むのかわからない、漢字とルビとで意味を推測するような句が作られました。その中で私が好きなのは、

虎猫友猫《オマヘツレ》なうて来る鼻声《コヱ》鼻黒が痩せて腰骨《フリ》

河東碧梧桐

23

飼っている虎猫が友達をつれてきたという句です。なんとも愉快な句ではありませんか。本人の書で読むとさらにすばらしく、碧梧桐がこの句を心から楽しんで作ったことが伝わってきます。

碧梧桐は昭和八（一九三三）年、還暦祝いの席上で俳壇からの引退を発表し、四年後の昭和十二（一九三七）年腸チフスで世を去りました。わけのわからない句を作るようになったとして俳壇での評価が下がり、失意のうちに亡くなった、というふうに見えるかもしれません。しかし、見方を変えれば、俳句という詩の可能性を純粋に追求した人生だったともいえます。私自身は、俳句を伝統芸道にしようとせず、常に最先端の詩文芸として、その在り方に取り組んだ碧梧桐の努力と達成を非常に尊敬しています。俳句の在り方が大きく変わりつつある二十一世紀現在、碧梧桐の遺産と精神は、改めて検証、評価されるべきだと感じています。

自由律へのまなざし

碧梧桐の門人の多くが、碧梧桐から離れたことは前述の通りです。碧梧桐から離れて虚子の側についた人ばかりではなく、独自の方向性を探った人たちもいます。その中の一人、荻《おぎ》原《わら》井《せい》泉《せん》水《すい》は弟子たちとともに自由律という分野を開拓し、尾崎放哉や種田山頭火を輩出しました。

自由律俳句は五七五や季語季題から自由な態度で作る立場をとります。その代表的な作品は、

咳をしても一人
足のうら洗へば白くなる
墓のうらに廻る
尾崎放哉

まつすぐな道でさみしい
いつも一人で赤とんぼ
けさもよい日の星一つ
種田山頭火

故郷の冬へおくる金がない大きい日ぐれの国旗であつた
拾円紙幣がもつ魅力に生活があつてもう一枚しかないと云う妻
橋本夢道

疲れたいちにちで桜咲いた咲いた

荻原井泉水

[24][25][26][27]

井泉水がこのような新しい俳句を進めていった背景には、碧梧桐もそうでしたが、自然主義文学の流行があります。できるだけ自然な言葉で、「感じたままをズバリと竹を割って、それで立派に俳句になる」[28]というのが井泉水の考えでしたから、「や」「かな」といった切字も敬遠されました。自然な会話で、「や」や「かな」など言うことはありません。いかにも俳句らしく見せる技巧としての存在なら不要、というわけです。

なお、「自由律」という語は、自由詩がそうであるように、定型に対する「自由」を意味します。井泉水自身は自由律を「内容律」「内在律」とも呼び、「言葉の一つ一つが立体的にはたらきかける、言葉と言葉との間に内容的な陰影が出来、引力を生ずる。之を言葉が律（リズム）をもつと云」「此の内容律さへしつかりしてゐれば、敢て五七五ならずとも立派に俳句になると云ひ得るのである」といった主張を展開しました。

放哉や山頭火の作品は今も大変人気があります。一般的な知名度でいえば、現存の俳人の誰ひとり、彼ら二人より有名ではないかもしれません。にもかかわらず、自由律俳句を作る人は非常に少ないのが現状です。俳人の高齢化とともに、子規以来の革新の精神が俳壇から弱まっているようにも見えます。世界で多くの人が様々な言語で「短詩」として俳句を作っている中、五七五と季題にこだわりすぎていると、日本は世界のムーブメントから置いていかれてしまうおそれもあり、私はそれを憂慮しています。

そもそも、たとえ定型から大きく離れていても、本人が短歌、俳句として作った作品であれば、短歌・俳句として受け入れてよいと思います。私も定型から離れた作品を作ることがあり、「これは俳句じゃない」と言われることもありますが、俳句として発表している作品は、俳句として読んでいただけると嬉しいです。もちろん、俳句なので、詩でもあります。

一＋一＝一

堀田季何

29

第三章

明日はどっちだ

短歌と俳句、寺山修司の場合

俳句から出発した寺山修司

短歌・俳句ともに実作者として活動していることもあり、「短歌と俳句ではどう違いますか？」といった質問を受けることがしばしばあります。例えば、「俳句の言葉に助詞や修飾語を加えたりして長くすると短歌になるのでは？」という質問があります。この答えはイエスでもあり、ノーでもあります。俳句を素材に短歌らしい体裁を整え、短歌と称することは十分可能ですが、すぐれた俳句を長くしてもすぐれた短歌にはなりえません。そのサンプルとして、寺山修司の作品を取り上げたいと思います。

寺山修司は、詩、演劇、映画、評論など多くの分野で活躍した作家で、三島由紀夫とはまた別の昭和の文学的ヒーローでした。テレビアニメ「あしたのジョー」のオープニングテーマや、カルメン・マキ「時には母のない子のように」といった作詞も知られています。そんな多才な寺山の創作の原点は、俳句です。俳句をやっている友人に影響され、高校生時代は熱心に地元新聞や雑誌に投稿し、当時から選者に高く評価されていました。

寺山修司の本歌取

寺山修司が短歌や俳句で得意とした技法に、パスティーシュや本歌取があります。パスティーシュとは、他者や自分による過去の歌や句の要素を模倣したり、混成したりして新しい作品を作ること。失敗すると個性のない流用・模倣であるエピゴーネン（いわゆる「パクリ」）になってしまいます。本歌取は、パスティーシュの一種で、他者や自分による過去の有名な歌や句（つまり本歌）を新しい作品に取り入れて詠む方法です。和歌では、平安時代には既にあった技法で、早くも『古今和歌集』で『万葉集』の本歌取が見られます。

三輪山をしかも隠すか雲だにも心あらなもかくさふべしや　額田王　1
三輪山をしかも隠すか春霞人に知られぬ花や咲くらむ　紀貫之　2

藤原清輔のように、本歌取をエピゴーネンの一種として、「盗古歌《こかをとる》」ものとして嫌がる歌人もいましたが、藤原俊成が表現技法として本歌取を評価し、俊成の子である藤原定家が本歌取を多用し、そのガイドラインを定めてからは、定着しました。本歌取が成功する場合、本歌と作品が重なることで、内容が重層化されて奥行きが生まれます。では、寺山修司の成功例を見てみましょう。

ふるさとの訛《なまり》なつかし
停車場《ていしゃば》の人《ひと》ごみの中《なか》に
そを聴《き》きにゆく　**石川啄木**

ふるさとの訛なくせし友といてモカ珈琲はかくまでにがし　**寺山修司**

中年や遠くみのれる夜の桃　**西東三鬼**

桃太る夜は怒りを詩にこめて　**寺山修司**

③④⑤⑥

どちらも本歌が非常に有名な作品であり、「ふるさとの訛」「夜の桃」にその作品のイメージが染み付いていますが、寺山作品ではそれらを上書きするように自分の個性を提示できているところがすばらしいと思います。

ところが、以下のような、俳句作品から発想した短歌では、それが上手にできていません。

鳥わたるこきこきこきと罐切れば　　秋元不死男

わが下宿に北へゆく雁今日見ゆるコキコキコキと缶詰切れば　　寺山修司

紙の桜黒人悲歌は地に沈む　　西東三鬼

かわきたる桶に肥料を満たすとき黒人悲歌は大地に沈む　　寺山修司

7 8 9 10

失敗の理由は、説明的な言葉を加えて無理に俳句を引きのばした結果、歌の焦点がぼやけてしまったことにあります。日常のなんでもないシーンを切り取った「こきこきこきと罐切れば」が新鮮に感じられるのは「鳥わたる」の簡潔さがあればこそ。「わが下宿」とシーンを具体的に説明してしまったために、寺山作品では単なる日常描写になってしまっています。また、西東三鬼作品では「紙の桜」と「地」の対峙が緊張感をつくり出していましたが、「紙の桜」のかわりに「桶」と「肥料」を上句に加えたことで、黒人奴隷の生活を紋切り型に描いただけの、焦点がぼやけた一首になってしまいました。

俳句の命は瞬間性

寺山修司は自分の俳句からも短歌を作りましたが、それもあまりうまくいっていません。

父を嗅ぐ書斎に犀を幻想し　寺山修司 [11]
父親になれざりしかば曇日の書斎に犀を幻視するなり [12]

「犀」のような父がありありと感じられる俳句に比べ、「父親になれざりしかば」（父親になれなかったので）という情報が入った短歌では、父と「犀」の関係が読み取りにくくなってしまいました。そのために俳句では鮮やかに響いた「犀」や「幻視」という言葉のインパクトが損なわれています。

寺山修司のように才能豊かな人でも失敗してしまった原因は、本歌である俳句にあった「切れ」を甘く見てしまったのだと思います。「切れ」とは、①刀や技のキレのように、読者に前の言葉をキレ良く突きつけるところで、②句中の切れ目もしくは句末であることが多いです（句中の切れ目だけを「切れ」と言うのはよくある間違い）。「父を嗅ぐ書斎に～」の句は、「父を嗅ぐ」のところで切れています（句中の切れ目で「切れ」になっています）。「父を嗅ぐ」ところに印象深い余韻があります。この句は、倒置法の技法も使っていて、「書斎に犀を幻想し父を嗅ぐ」という散文的なフレーズの最後部分を最初に持ってきています。そのことで、句中の切れ目ができ、切れも生まれました。

この「切れ」がキーワードとなる言葉（季語など）や焦点を当てたい語句と効果的に組み合わされることにより、瞬間的にイメージを広げることが可能となります。連句の発句から出発した俳句は、短い音数だけで一つの世界を提示する必要があり、この瞬間性がとても大事な要素になっているのです。この本歌取の短歌の方では、本歌の俳句にあった切れの効果に匹敵する工夫がなく、全体的にだらりとしています。

「切れ」のところに「や」「かな」「けり」などの「切字」を入れる場合がありますが、「父を嗅ぐ」のように「切字」のない「切れ」もあります。また、前述のように、句末で切れることもありますが、切れる場所がどこでも、切れには瞬間的に読者の想像を広げる力があります。切れがそのように働くことが、ある意味、俳句らしさであるといえましょう。

「切れ」が働くには、言葉があまり長くないことが条件となります。前章の夏井いつきや河東碧梧桐の作品が俳句らしくないように見えたのは、長かったためだけでなく、長すぎて切れの働きが弱かったためもあります。俳句には自由律もありますし、表現上、十七文字は絶対ではありませんが、日本語では十七文字前後が「切れ」の働きやすい長さかもしれません。

短歌にも「切れ」と呼ばれるものはありますが、作中の切れ目であって、歌の韻律上の息継ぎを要請したり、漢字が連なっているところを詠みやすくしたりするために使われます。俳句の「切れ」とは大幅に異なります。つまり、俳句の魅力の一つが「切れ」であるのに対し、短歌の魅力はそうではない。逆に、一瞬で終わってしまわない調べを持つ「歌」であることが、短歌の魅力ともいえるでしょう。

短歌向きのキャラ、俳句向きのキャラ？

このように短歌と俳句では性格が異なるので、どちらか一方だけが好きという人もけっこういます。歌人・俳人でも私のように両方の作品を作る人は少数派で、どちらか一つしかやらない人のほうが多いです。

「歌人と俳人ではキャラクターに違いがありますか？」という質問をよく訊かれます。歌人とも俳人とも付き合いがある私の印象としては、歌会の後の歌人よりも句会の後の俳人の方が、アフターのお酒を飲みに行く比率が高い気がしますが、酒豪の数については、歌人も俳人もそれぞれ多く、詩型による差はなさそうです。〈幾山河越えさり行かば寂しさのはてなむ国ぞ今日も旅ゆく〉[13]で知られる若山牧水のような大酒豪の歌人もいます。

せっかくですので、若山牧水が詠んだ酒の歌を紹介しましょう。

白玉の歯にしみとほる秋の夜の酒は静かに飲むべかりけり　**若山牧水**
それほどにうまきかとひとのとひたらばなんと答へむこの酒の味　[14]
人の世にたのしみ多し然れども酒なしにしてなにのたのしみ　[15]

お酒好きの人には、こういった歌をきっかけに短歌を好きになっていただけたらと思います。ただし、お酒はほどほどに。若山牧水は一日一升以上飲んでいたそうで、結果、肝硬変により四十三歳で亡くなりました。

寺山修司はといえば、若い時に大病をしたため、お酒は飲めず、煙草も吸いませんでした。

マッチ擦るつかのま海に霧ふかし身捨つるほどの祖国はありや　**寺山修司**　[16]

若き日に詠まれたこの有名な作品はもちろんフィクションです。〈夜の湖あゝ白い手に燐寸の火　西東三鬼〉[17]〈一本のマッチをすれば湖は霧　富澤赤黄男《とみざわかきお》〉[18]〈めつむれば祖国は蒼き海の上　富澤赤黄男〉[19]の俳句三句を本歌取したのではないかといわれています。富澤赤黄男の句では、昭和初期の暗い時代のぼんやりしたマッチの火ですが、寺山の歌では、日活アクション風のヒロイックな人間のマッチの火に変わっています。この世界観が好きかどうかは別として、俳句から短歌への本歌取に成功した例といえるでしょう。

第四章　歌語ネバー・ダイズ

短歌、俳句の語彙

和歌は大和言葉

俳句や短歌を趣味とする人でも、古い和歌を読んでいる人は限られます。研究者は別ですが、若い世代で趣味として短歌を作っている人では、和歌に興味がないという人も少なくないでしょう。

短歌が好まれても、和歌が読んでもらえない理由は、まず言葉の違いがあると思います。和歌は基本的に古くからある日本の言葉、いわゆる大和言葉を用います。そのため大和言葉というワードには和歌、あるいは和歌に用いられる言葉という意味もあります。例えば、『源氏物語』では、東国で育った娘、浮舟が、光源氏の子である薫に、「あはれ、わがつま」といわれる和琴くらいは弾きなれているでしょう、と言われて、「その大和言葉だに、つきなくならひにければ、ましてこれは（そうした和歌の言葉がふさわしくない暮らしでしたから、まして琴なんて）」と、自身の教養レベルを語るときに「大和言葉」を用いています[1]。

なお、大和言葉については二〇一〇年代にちょっとしたブームが起きました。大和言葉はやわらかい印象を与えるので、大人の日本語としておすすめ、といった紹介のされかたでしたので、何か誤解が広がったようです。大和言葉に関する書籍やウェブページには、大和言葉として「卒爾」「有頂天」「尾籠」「御無沙汰」などが掲載されているものがあります。これらは大陸からの漢語で、大和言葉ではありません。和歌にも使われませんでした。

和歌において基本的に漢語はＮＧです。仏教用語や専門用語の漢語など、時代が下れば下るほど中国由来の言葉が増えましたが、歌においては排除され続けました。漢詩を詠む人たちも、歌を詠む場合は「運命」「宿命」ではなく「さだめ」、「恩愛」ではなく「めぐみ」という具合に、漢語を大和言葉に変換しています。

歌に用いられた特別な言葉

歌は上品な大和言葉を用いるべし、というルールが明確になったのは平安時代以降です。『古今集』編纂の時代と『万葉集』編纂の時代の間には、百年くらい隔たりがありますが、『万葉集』にある古い言葉を用いましょう、という約束ごとができあがっていきました。

平安時代から日常で用いられず、主に歌で用いられた言葉としては、「鶴《たず》」（日常語では「つる」）、「駒《こま》」（馬）、「玉章《たまづさ》」（便り、文）、「衣手」（袖）といったものが代表的です。時代による違いもあり、平安時代に用いられるようになった「あけぼの」は、清少納言が『枕草子』で「春はあけぼの」と記したことで、歌に用いられることが増えました。有名な文学作品が言葉の使用法を変えた一例です。

またやみん交《かた》ののみのの桜がり花の雪ちる春のあけぼの　**藤原俊成**

（また見ることがあるだろうか。交野の御料地での桜狩で、花が雪のように散る春の朝のこのような美しさを）[2]

藤原俊成は源平の時代をまるまる生きた歌人で、藤原定家の父親です。この歌は『伊勢物語』八十二段をふまえたもので、桜狩に歌を詠んだ登場人物のつもりになって詠んだ、ともいわれます。このとき俊成は八十二歳。年齢と同じ数の八十二段を持ってきたことは偶然ではないかもしれません。国文学者の久保田淳は、俊成の老いに対する感慨や生涯の伴侶を失った悲しみを、仲間の歌人たちはこの歌から「容易にそれを感じ取ったのではないか」と述べています[3]。

枕詞は五文字の盛り上げ役

和歌に使われる特別な言葉といえば、枕《まくら》詞《ことば》を忘れるわけにはいきません。黒にかかる「ぬばたまの」、神にかかる「ちはやぶる」など、特定の語を修飾する枕詞は、和歌における代表的な技巧です。そのわりに、枕詞があってもなくても歌の意味は変わりません。もとは祝詞のように神や地霊などを祝う性格の言葉だったのではないかといわれます。明確な意味は持たない枕詞ですが、枕詞があると修飾される言葉がより際立ち、音の流れも美しくなります。そのため枕詞は生き残ったのでしょう。

枕詞と修飾される言葉は一対一の関係ではなく、ばらつきがあります。とくに多い「ひさかたの」は、天《あめ（あま）》、雨、空、月、日、光、昼、雲、雪、霰、桂、都などを修飾します。「ひさかたの」で、次の歌を思い浮かべる人が多いのではないでしょうか。

久方の光のどけき春の日にしづ心なく花のちるらむ　**紀友則**

（光のおだやかな春の日に桜の花はなぜあわただしく散るのだろう）

4

ここでは「ひさかたの」は「光」と「日」にかかって、ムードメーカー的な役割を果たしています。すなわち「ひ」のやわらかな音の連続が、春風駘蕩とした雰囲気をつくりだしているのです。しかし、「しづごころなく」と咎めるような言葉が、聞く人・読む人を少し驚かせます。そこに「花の散るらむ」と続き、やわらかに落ち着きます。

古代人の心のありかたを示唆する序詞

枕詞と似ている序詞《じょことば(じょし)》は、ある言葉を修飾するという役割は同じですが、五文字という決まりはなく、長さも様々です。

葦《あし》引《びき》の山鳥の尾のしだりをのながながし夜をひとりかもねむ　**柿本人麻呂**[5]

この歌の序詞は「葦引の〜しだりをの」までです。その中に「山」の枕詞である「葦引の」も含まれていて、序詞全体で「ながながし夜」を修飾しています。作者が言いたいことは、「ひとりぼっちで寝ることになるのかなあ（さびしいなあ）」ということなのに、なぜ長い序詞が必要なのでしょうか。

このような古代の表現を考えるうえで参考になる説の一つとして、「心物対応構造[6]」という説があります。この説では、古代の和歌は表現されるモノ（自然物、景観など）と表現される心の状態が対応関係にあるとします。序詞でいえば、五七五の序詞で表現されるモノと七七の下の句で表現される心理状態は、対として表されているととらえるのです。

他の序詞を説明する説においても、古代の人々の自然に対する向き合い方が序詞の成立に関わっているととらえられます。ふだんから自然現象と自分自身をリンクさせるような考え方をしていたなら、序詞から受け取るものは現代人とはかなり違うでしょう。

このことは次の時代の掛詞・縁語にも関係します。

掛詞・縁語があらわす偶然の必然

平安時代になると枕詞・序詞はやや衰え、掛詞《かけことば》・縁語《えんご》が発展しました。掛詞は「待つ」と「松」、「経《ふ》る」と「降る」など、同音異義語で自身の状態や心情を別の言葉と重ねて表現する技法です。縁語は「道」と「踏む」など関係がある言葉を一つの歌に複数配置する技法です。掛詞と縁語を重ねることもよくあります。

具体的な例を見ていきます。

難波潟短き蘆の節の間も逢はでこの世を過ぐしてよとや　伊勢

（あなたは難波潟の葦の節の間のような短い時間も会わないでこの世を過ごしなさいと言うの？）　7

この歌で縁語は「ふし」と「逢ふ」、「ふし」と「よ」。「ふし」に「伏し」をあてると、床に入ることになり、男女が「逢ふ」ことにつながります。また「ふし」に「節」をあてると、竹や葦の節の間を意味する「よ」につながります。さらに「よ」は「世」にかかります。

このように言葉と言葉を関係づけることで、「会ってほしい」という気持ちは強調されます。言葉がつながりによって導かれることによって、作者が訴えたい心情は必然的なもの、逃れられない運命的なものとして立ちあらわれるのです。

『いきの構造』で知られる哲学者、九鬼周造は、偶然性を研究する中で、詩の押韻に着目し、日本語では掛詞も押韻とみなしていました。そして、押韻の意義を次のように説明しています。

押韻の遊戯は詩を自由芸術の自由性にまで高めると共に、人間存在の実存性を言語に付与し、邂逅の瞬間において離接肢の多義性に一義性的決定を齎《もたら》すものである。[8]

九鬼周造の言葉をざっくり日常語にすると、押韻は、①詩を、芸術の自由な性格にまで高める。②人間という存在の実存性を言語に与える、③（二つの別のものが）出会う瞬間に、多くの意味ある選択肢に一つの意味をもたらすもの。二つの言葉と言葉の偶然的な邂逅である掛詞は、偶然性を生きる人間の生のありかたと対応する、という意味のことを述べています。

近代以降、写生がいわれるようになって掛詞や縁語を意味のない技巧であるかのような説明がなされることもありました。しかし、九鬼周造的な読み方をすると、掛詞や縁語こそ深く味わうべき和歌の魅力といえます。

歌の主流は江戸時代まで保守派

和歌には「制詞《せいし》」（制《せい》の詞《ことば》とも）と呼ばれるNGワードがあります。こちらは中世に定められたもので、例えば比較的近い時代の有名な歌に用いられた、有名な句は「ぬしあることば」として使用が禁止されました。

「ぬしあることば」の例としてよくあげられるのは、藤原定家の「きえわびぬうつろふ人の秋の色に身をこがらしのもりのした露[9]」の「身をこがらしの」。木枯らしと「身を焦がす」を掛けている、わかりやすい掛詞です。禁止されているくらいなので、真似をする人が多かったのでしょう。

その他に「禁忌の詞」とされた不吉な言葉の禁止もあり、貴族の宴で歌を詠むような人はこうしたルールに精通する必要がありました。

ルールの増加は、歌の表現を狭めることにもつながります。しかし、身分制の厳しい社会にあって、ルールを教える先生に逆らうことはなかなかできません。教える側（藤原俊成、定家の末裔など）としては、ルールが厳しいほうがルールに詳しい自分たちに有利でもありました。

ところが鎌倉時代の後期、京極為兼はあえて世俗の言葉と大和言葉を区別しないで用いることを主唱し、保守的な二条派と対立します。

京極為兼の実践例をあげます。彼の歌は、風景画のような客観的な自然描写が特徴的です。

庭の虫はなきとまりぬる雨の夜のかべにおとするきりぎりすかな　**京極為兼**

（庭の虫は鳴かない雨の夜、部屋の壁で鳴くのはきりぎりすだなあ）

松をはらふかぜはすその草におちて夕だつ雲に雨きほふなり

（山の松の枝を払うように吹く風は麓の野原の草に落ち、夕立雲に雨が元気づいているようだ）　10 11

この二例の「鳴きとまる」「きほふ」という動詞はあまり和歌には用いることがありません。壁で鳴いているきりぎりすという題材を詠むこともユニークです。

ユニークな感性の背景には、彼が上級貴族出身ではなかったことや時代性があるともいわれます。彼が活躍した時代、鎌倉幕府は蒙古襲来によって衰えていて、朝廷は二つに分かれ争う状態でした。客観的にものを見る眼は、激動の時代を生きるために得たもので、それが歌に活用されたのかもしれません。

京極為兼とその流れをくむ京極派は、一時代を築きましたが、主流はあくまで保守的な『新古今集』重視、ルール重視の保守的な公家たちでした。その傾向は江戸時代まで続きます。江戸時代中期、小《お》澤《ざわ》蘆《ろ》庵《あん》が細かいルールに縛られず心をそのまま歌う「ただごと歌」を提唱するなど新しい動きはありましたが、朝廷という権威と結びついた保守派がずっと主流であったことは変わりません。

近代以降の短歌の語彙

ＮＧワードの多い和歌の世界に比べ、俳諧は自由でした。漢語ＯＫ、俗語ＯＫ、口語ＯＫです。何でもアリで、ややもすると下品になりがちな俳諧を、詩的に整えることに努めたのが松尾芭蕉でした。糞尿を詠んでも芭蕉の句は下品ではなく、おおらかです。

蚤虱馬の尿《ばり》する枕もと　芭蕉
鶯や餅に糞する縁の先

一句目は『おくのほそ道』の旅で詠まれたもの。旅の苦労が伝わるだけでなく、読む人をクスッとさせます。会話であったら「蚤虱のかゆみに耐えやっとウトウトしたら、今度は馬が枕元でジョジョジョジョーッ。いやまいった」と頭をかき、聞き手を笑わせたでしょう。

二句目は、鶯が餅に糞をするという、普通に考えれば嬉しくない事象を、めでたさに転換しています。ちなみに「蚤」「虱」「尿」「糞」といった語は当時一般的な歌では認められません。それは俳諧歌、狂歌の分野になります。

ちなみに、言葉や素材の制約がない自由な俳諧や俳句では、前述の枕詞や掛詞はたまに

12

しか使われません。十七音くらいの長さで枕詞や掛詞を使うには、何割かに相当する多くの音数を割かなくてはならないからです。同じ理由で、序詞を使った俳句はほぼ存在しません。また、俳句では、同じイメージのある言葉を複数使うことを避けますので、縁語は嫌われています。

さて、言葉の制限が多く、大和言葉にこだわってきた歌人たちは、明治時代に世の中が変わると、どのような言葉を使うかという問題で俳人たち以上に意見が分かれました。革新派の正岡子規は保守的な歌壇に対し、「生は和歌につきても旧思想を破壊して新思想を注文するの考にて、随《したがっ》て用語は雅語、俗語漢語洋語必要次第用ふる積に候」[13]とケンカを売り、若い世代に支持されました（俳句でも子規は派手な論争で支持者を獲得しています）。

そんな子規の短歌から、新しい事物を詠み込んだものを紹介します。

久方のアメリカ人のはじめにしベースボールは見れど飽かぬかも
いたつきの閨のガラス戸影透きて小松が枝に雀飛ぶ見ゆ
あき人も文くばり人も往きちがふ裏戸のわきの山吹の花

正岡子規 [14][15][16]

一首目の子規が大好きだった野球を題材としたもの。「久方の」は「あめ」の枕詞で、

「アメリカ」との組み合わせに子規の茶目っ気があらわれています。

二首目の「ガラス戸」は江戸時代の民家にはありませんでした。子規の没後に国産化が始まった板ガラスはまだ高級品で、子規の療養生活のために輸入品を入れたようです。

三首目、「文くばり人」は郵便配達人のこと。当時も「郵便配達人」の語はありましたが、歌に詠みこみにくいので自分で工夫したのですが、成功したとはいえません。

彼に影響を受けた斎藤茂吉は、子規のように新しい文物も題材にしながら、子規が讃えた『万葉集』の古語を積極的に用いました。明治の世に万葉の言葉を復活させることにも、守旧派からは批判がありました。それに対し、大正時代の斎藤茂吉は次のように述べています。

> 短歌の詞語に、古語とか死語とか近代語とかを云々するのは無用である。〈略〉吾等が血脈の中には祖先の血がリヅムを打つて流れてゐる。祖先が想に堪へずして吐露した詞語が、祖先の分身たる吾等に親しくないとは吾等にとつて虚偽である。おもふに汝にとつても虚偽であるに相違ない。[17]

斎藤茂吉の「先祖の血」を理由とする発想は、戦時中に彼が極端な愛国者に転じることにつながります。戦中には国全体で伝統重視、外来語排除を行っていたので、斎藤茂吉ならずとも、歌人もそれに従うか、歌を発表しないかになるのでした。
戦後には国家の愛国的歴史観の縛りがなくなり、歌人は言葉を選ぶ完全な自由を得ることができました。その自由から生まれたのが、例えば塚本邦雄の絢爛たる言語世界です。

戰争のたびに砂鐵をしたたらす暗き乳房のために禱るも　　塚本邦雄
屋上の旗　吹きちぎられてあかときの暗渠に吸はれゆきし紅
耳燃ゆるばかりに羨《とも》し呪ひもて無花果を枯れしめたるイエス

18

古語をまじえた現代的な前衛短歌は、歌の言葉と技巧に新たな可能性を拓きました。拓かれた先に、現代の二十一世紀の短歌があります。

第五章

「わかる」って、何がわかること？

短歌と俳句の解釈

わかりやすいのはどっち？

俳句はわかりやすくて、短歌はわかりにくい。そういう風に言う人がけっこういます。これはまったくの誤解です。

俳句も短歌も詩文芸ですから、どちらにも前衛的で難解な作品もあれば、口語調の親しみやすい作品もあります。

音楽漂う岸侵しゆく蛇の飢　**赤尾兜子**

「嫁さんになれよ」だなんてカンチューハイ二本で言ってしまっていいの　**俵万智**

1
2

この二作品を比べると、わかりやすいのは短歌のほうですが、次の二作品ではどうでしょうか。

コンビニのおでんが好きで星きれい　神野紗希

革命歌作詞家に凭りかかられてすこしづつ液化してゆくピアノ　塚本邦雄

34

短歌にしても俳句にしても、難解な作品を「自分にはわからない」と投げ出すのはもったいないことだと私は思います。作者の技術的な上手下手はさておき、読み手として、わかってみようと努力することによって俳句も短歌も面白くなるのではないでしょうか。

短歌の「わからない」と世代差

短歌では、難解な作品をどう読むかということを、結社の歌会の場で教わったり、勉強したりするものでした。しかし、二〇〇〇年代に入ってからは若い世代の結社ばなれが著しく、大学の短歌会などで歌会をさかんにやっていても、上の世代からの読みの承継はされにくくなっています。

若い世代では口語短歌が当たり前になっていることも関係があるでしょう。穂村弘や枡野浩一を読んで短歌を始めた人のほとんどは文語で短歌を作りません。

サバンナの象のうんこよ聞いてくれだるいせつないこわいさみしい　**穂村弘** 5

こんなにもふざけたきょうがある以上どんなあすでもありうるだろう　**枡野浩一** 6

こうした口語短歌を詠んでいても、穂村（一九六二年生まれ）や枡野（一九六八年生まれ）の世代では若いときから文語の作品を読みこんでいましたし、それに続く七十年代生まれの世代も文語の作品に触れてきました。しかし、その後、どこで断絶したのか、塚本邦雄や岡井隆の短歌が「わからない」という声を下の世代から聞くようになりました。そのあたりに世代差を感じます。

〈あゆみ寄る余地〉眼前にみえながら蒼白の馬そこに充ち来よ　**岡井隆** 7

一方、上の世代も上の世代で、「若い人の作品がわからない」と言います。例えば、一首の中に詩的飛躍が二つ三つ入っている作品には、必ずといっていいほど「わからない」という声があがります。短歌は俳句よりも文字（音）が多いとはいえたった三十一文字ですから、二つも三つも入れてしまうと、何かを伝えることが難しくなるのです。もしもその一行が現代詩の一行ならば前や後にも行があり、全体で伝えることができるでしょう。が、短歌はそうではなく、二つ三つも詩的飛躍があると一首の中で回収するのは困難になります。なんとなく雰囲気がいいということはあっても、何が言いたいのかはわかろうとしてもわからない。でも作者が結社の歌会という場に身を置かない限り、そのことを上の世代から直接言われないでしょう。

また、若い世代では、近代以降の短歌的価値観である「私性」が作者の世代感覚性に移行しつつあるのも、「若い人たちの作品がわからない」という理由でしょう。例えば、「わたしたち」「ぼくら」という主語が出てくると、その世代感覚を知らなければ読解が難しいです。この「私性」については第十一章で説明します。

世代論というのはリスクがあって、若者や高齢者を批判する材料と思われがちですが、私が言いたいのは、あくまでも世代間における「読み」および「詠み」の断絶であって、誰かを批判する意図はまったくありません。もちろんどの世代の世代論にも例外が少なくないです。

俳句の「わからない」は師系

俳句では、文語・口語の選択で世代による差は短歌ほどありません。切字の「や・かな・けり」には文語がなじみやすいことや、同じことを言うなら文語のほうが音が少ないなど、文語ならではのおトクが俳句にはありますから、初心者も俳句を通して文語に慣れていきます。

俳句の場合、「わからない」の最も大きい要因は、師系です。師系とは、つまり、誰の指導を受けたか、ということです。ひとりの俳人の師にはその師もいて、それをたどるとファミリーツリーのようなものができます。

師系が異なると俳句についての価値観が根本的に違い、どの結社にいるかで俳句の読み、解釈はまったく変わってきます。短歌にも結社や師系はありますが、俳句の方が「解釈共同体」の側面が強いです。例えば、伝統俳句の「ホトトギス」には「ホトトギス」の、「海程」には「海程」と、その結社ならではの句の詠み方があるように、句の読み方があります。

今日何もかもなにもかも春らしく　**稲畑汀子**

落椿とはとつぜんに華やげる

原爆許すまじ蟹かつかつと瓦礫あゆむ

梅咲いて庭中に青鮫が来ている

金子兜太

8

9

10

稲畑汀子は「花鳥諷詠」の高濱虚子の孫で、子どもの頃から虚子や父・年尾に俳句を教わり、父の死後は平成二五（二〇一三）年まで「ホトトギス」の主宰をつとめ、昭和六二（一九八七）年に設立された「日本伝統俳句協会」の初代会長をつとめた人物です。令和四（二〇二二）年に九十一歳で亡くなりましたが、それまで長く伝統を看板とする俳人グループの中心だったといっていいでしょう。

それに対し、金子兜太《かねことうた》は「人間探求派」と呼ばれた加藤楸邨《かとうしゅうそん》の門下から出ていて、一九六〇年代に「前衛俳句」のグループの代表的な俳人のひとりとなりました。「海程」は彼が主宰した俳誌です。昭和五八（一九八三）年より現代俳句協会の会長をつとめました。平成三〇（二〇一八）年に九十八歳で亡くなりました。

この二人のバックグラウンドの違いは、作品の違いにも、読みの違いにもなるわけです。

一つの結社だけで俳句をやってきた人が他の結社の俳句について、「わからない」「私には何も言えない」と言い切ることはすごく多いです。それには結社的傾向だけでなく、協会的傾向もあると思います。俳句の場合、超結社的な俳人の団体として協会が複数あります。私自身、（私が所属する）現代俳句協会では普通に見かける、同協会の俳人たちが作った俳句を、伝統を重んじる傾向の強い別の協会の重鎮たちが、「わからない」「私の定義では俳句ではない」「私は見たものしか詠まないので」「こういう俳句は読んだことがないので」「季語がないと、どう読めばいいのかわからない」などと言って済ませる場面を何度も見ています。私は残念に思いますが、これは、それら協会の重鎮たちが悪いのではなく、解釈共同体としての結社があり、解釈の遠すぎない結社の集合体としてそれら協会がある以上、仕方ないことです。

なぜ短歌と俳句でそこが違うのか考えると、理由の一つに、一般に俳句のほうが師と弟子の関係性が強いということがあるかもしれません。俳句では主宰は絶対的な存在とされています。俳誌で選をするのも主宰だけ。短歌の場合は選者が複数いて、会員が選者を選べる会もあります。短歌のほうが作者の個性を尊重しようとする傾向があり、「うちの結社ではこうだから」といった縛りは俳句ほど強くありません。

その理由をさらにたどると、短歌の職能団体は現代歌人協会という団体のみで、俳句は現代俳句協会、俳人協会、日本伝統俳句協会などに分かれているという違いがあります。

団体それぞれで考え方が違い、各々の結社でバラバラにやっているのが実情です。

主宰をトップとする解釈共同体のようになっている俳句の結社においては、結社内で「わからない」と言われることは、良い評価ではないでしょう。その結社の価値観で「わかる」俳句を作るように勉強していき、主宰に選ばれることを至上の喜びとしている人たちがたくさんいます。

こういった従来の俳句結社のシステムはちょっと宗教団体に似ているところもあります。浄土真宗で救われる人もいれば、真言宗で救われる人もいる。「救われているからよいのでは」という考え方もありますが、俳句は宗教でもなければ茶道や華道のようなお稽古事でもありません。詩文芸です。文学です。俳句結社の中では重鎮でも、結社の外に出ると俳句を読むことを自由にできない人が、真の文芸家といえるでしょうか。

他者の読みから学ぶ

私自身はあらゆる文学作品の読みは読者ひとりひとりに委ねられていると思います。作者の自註自解ですら作品の読みとしては正解とは限りません。作品の言葉の深い意味を読み解いた読者の読みのほうがすばらしく、作者の自句自解を聞いたら本当につまらない、ということは歌会や句会でよくあります。だからといって、作品がつまらないわけではない。となると、「わかる」は一人の読み手として解釈できるか、鑑賞できるかということに尽きます。

わかった上でつまらないと思うこともあるでしょうし、作者の言いたいこととは違った解釈をしたとしても「わかる」ことになります。「わからない」というのはそれ以前の、解釈に至らない段階です。解釈を拒否しているともいえるでしょう。

もちろん拙さのために読みの達人でも解釈のしようがない作品はあります。そうではなく、高度な技術を駆使した難解な短歌や俳句は「わからない」ものではなく、「わかりづらい」だけです。あえて多様な解釈ができるように作られている作品もあります。でも、そういう作品はきちんと読めば「わからない」ものではありません。

その他に読者が表面的に「わからない」という反応を示す場合として、言葉がわからない作品があります。詠まれている題材がわからない、固有名詞がわからないとなると、お手上げです。幸い今はインターネットがあるのでその点はだいぶ改善されました。検索エンジンやウィキペディアは解釈の助けになります。

初心者では作品を深いところまで読めているのかという不安があるかと思いますが、それは気にしなくていいと思います。読みがうまくなればなるほど作品の言葉からより多くを読み取れるようになるものですし、先ほど申し上げたように、作品の言葉には作者が意図していない深さがあったりもします。その深さをどこまで読むのかは個人の読み方次第ですから、とくに不安を感じる必要はありません。それよりも、他の人のいい読み方に学ぶことを意識するのが大切ではないかと思います。

多くの人は句会歌会に参加するときに自分の作品がどう評価されるのか、点が入るのかといったところにフォーカスがいってしまいがちですが、句会歌会で一番重要なのは解釈し合うということです。その場に来るまで一度も見たことのない作品に出会い、読み合っていると、同じ作品でも自分とは全然違う読み方をする人がいます。それを聞くことが俳句の学びになっていくように思います。

私が主宰する俳句結社「楽園」は、敢えて解釈共同体であることを否定しています。主宰と違う解釈は常に大歓迎です。超結社の句会に出てみるとか、場合によっては他ジャンルのものを読んだり、書いたりしてみるのも非常に良いと思います。有季定型でやっているのなら、たまには無季とか、自由律とか。川柳や、俳句のルーツである連句（俳諧連歌）、さらにそのルーツである短歌といったものに触れることで、俳句というものがもっとわかるようになり、読みも深まります。

短歌をやっている人も同様です。自分の結社や師系以外の歌に触れてみたり、連歌、俳句、川柳、自由詩などを　読んだり、書いたりすることで、短歌の本質がより見えてくると思いますし、短歌の読みも深まると思います。

第六章 季節は逆に回らない

「焼鳥」の本意は野鳥の焼鳥

四季の概念は中国伝来

春の花をたづね、秋のもみぢをみても、歌といふものなからましかば、色をも香をもしる人もなく、なにをかは、もとのこころともすべき。
(春の桜を見に行っても、秋の紅葉を目にしても、歌というものがなかったら、花や紅葉の色香を理解する人はなく、何をもって本当の心とすべきか) ①

こう述べた藤原俊成は、源平合戦の時代の歌人で、藤原定家の父です。この文章を逆にいうと、花や紅葉を見たときに、シーンにふさわしい名歌を思い出すと、その美しさはますます深く感じられ、また歌を詠むことで他の人にも自分の心を伝えることができる、ということです。

中世において花や紅葉を歌と切り離すことは難しく、また社会生活に歌は不可欠なものとなっていましたが、日本社会が太古からそうだったわけではありません。また、文字のない時代に日本の人が四季を楽しんでいたわけでもなさそうです。

　そもそも一年を四つに分けるという概念は太古の日本にはなく、大陸由来というのが定説です。稲作が始まり、農業コミュニティが形成され始めた段階では、種蒔きの時季と刈り入れの時季を意識するようになった程度ではなかったかと考えられています。

> 　要するに、四季という区切りが登場したことで、日本列島に春夏秋冬という四季が現れたのだ。四季とは一つのめがねのようなものだ。このめがねをかけると自然界が四季に区切られるのである。 ②

日本と大陸では気候が違いますから、右の著者、坪内稔典氏のいうめがねは日本列島で暮らす人々にぴったり合うものではありませんでした。しかし、日本の人々はめがねを使用することによって、目のほうをめがねに合わせてしまいました。

> 　たとえば、立春といっても実際にはまだまだ寒い。また、立秋といってもそれからが本格的な暑さになる。けれども、暦が立春というのだから春の訪れを感じ

なければならない。立秋というのだから、秋が来たと思わなければならない。そこで、日本人の祖先たちは季節に対して、師匠の中国人よりはるかに敏感、というより過敏になった。[3]

こちらは高橋睦郎氏の意見です。現代の日本の人々が、中国の人よりも季節の変化に注意深いかどうかはわかりません。ただ、手紙を書くときに挨拶として季節の言葉を入れたり、季節に合わせて料理や器を決めたり、様々な場面で季節や暦を気にしていることは事実であり、季節感の重視は日本の文化の大きな要素とみなされています。

四季の部と雑の部

四季の景物を題材に詩歌を詠むことも、中国詩の受容によって発展しました。四季の自然美の代表的なものを「雪月花」といいますが、これは白楽天が、江南で過ごした時代の友人に送った詩の中の「雪月花の時、最も君を憶《おも》う」[4]に由来します。

日本人が自然の美を見て心に感じたことを漢詩や歌で表現するようになった結果、『万葉集』には『日本書紀』や『古事記』にほとんど見られない花や月の歌が収められ、歌を春夏秋冬で分類することが始まりました。

春日遅々として鶬鶊《ひばり》正に啼く。悽惆《いた》める意《こころ》、歌にあらずは、撥《はら》ひ難し。よりてこの歌を作り、もちて締緒《ていしょ》を展《の》ぶ

（春の日がのどやかで、ひばりは今まさに鳴いている。憂愁の心は歌によらねば、はらうことができぬ。そこでこの歌をつくり、それによって憂情を晴らす）　5

右は大伴家持の「うらうらに　てれるはるひに　ひばりあがり　こころかなしも　ひとりしおもへば」という歌に添えられているもので、王朝を讃える歌や神に祈る歌のほかに、季節の景観に心が動いて個人的に歌を詠むようになったことを示しています。

平安時代になると、季節の自然美は歌の主要な題材となるとともに、選択に日本の風土や好みが反映されるようになりました。雪月花の花は、中国やそれまでの日本では梅だったのが桜になり、月は秋のものとされ、夏の題材として時鳥《ほととぎす》が加わりました。

また、『古今和歌集』の頃からは、あるテーマ（題）を与えられて歌を作る「題詠」が大変さかんになりました。同じ題で作られた歌の優劣を競う、歌合がとても人気があったことは、第一章で紹介した通りです。一定の題に沿って百首を作る「百首歌」というもの

もありました。百首歌の題の配分は、春・夏・秋・冬の題で各二十首、恋・恨各十首というのが一般的だったといいます。こうした和歌の題詠は、季の題を花、月、雪、時鳥の他にも増やしていくことになりました。

ただし、和歌では季節の風物の言葉が入っていても、歌のテーマがそれでなければ、春夏秋冬の分類に入りません。例えば、雪という言葉が入っていても、歌のテーマが恋であったら、冬の歌ではなく、恋の歌として分類されました。

ところが、その後の俳諧連歌（連句）においては、複数の人数で効率的に進める都合のためか、季節をあらわす言葉「季の詞《ことば》」があれば季の句として認める動きが生じました。また、俳諧では句の分類はシンプルで、春夏秋冬の句以外は、「雑《ぞう》の句」とされます。恋や旅も雑の句に含まれます。

雑の句の例を、芭蕉の「梅若菜鞠子の宿のとろゝ汁」を発句とする歌仙から引いてみます。

発心の初《はじめ》に越ゆる鈴鹿山　芭蕉
内蔵頭《くらのかみ》かと呼《よぶ》声はたれ　乙州
卯の刻の箕手《みので》に並ぶ小西方　珍碩

「鈴鹿山」は西行の、「鈴鹿山うき世をよそにふりすてていかになりゆくわが身なるらむ[7]」をふまえた句。次の句は、西行をきっかけに宮中に飛び（「内蔵頭」は宮中のお金や物品を管理する部署の長官のこと）、その次には関ヶ原の戦いへと展開します（「小西方」は西軍の小西行長の軍勢のこと）。連句では、季節の句の間にこのような雑の句が挟まれていきます。

挨拶と季節

俳諧では、自分がおかれている時、場所、機会が「場」であって、その場に対して作る句が発句となり、最初の句になります。残りの句は全て直前の句に対して作る（付ける）のですが、発句だけが、句でなく場に対して作るという意味で特殊です。例えば、夏に旅して日光を訪れたら、夏と日光と旅で場が決まり、それに対して句を考えます。また、例えば、近所の寺で花見をしながらそこで仲間と連句会を開くとすれば、晩春の花時と近所の寺と花見の座が場になりますから、その一座への挨拶のような句、それも、たぶん花の句を考えることになります。このように、ルールではないのですが、発句は、そのときの季の詞を詠みこむことが自然と多くなります。人と人が会ったときに、「今日は春らしい天気ですね」「今日も暑いですね」といった季節の話題を口にすることに近いです。

しかし、一座で俳諧をやらないで、ひとりで発句だけを作る場合（そういう発句を地発句といいます）はどうなのか、季節の言葉を入れる必要はあるのだろうか、という疑問は江戸時代前期すでに出されていました。とくに、季節を感じやすい屋外でなく、家にいて、恋や死別などを考えている場合、無駄に字数を食ってしまう季節の詞をわざわざ発句に入れるべきであろうかという問いです。

芭蕉の高弟、去来は、俳論集『去来抄』で、自分たちの蕉門で無季の句を発句として連句をやることはないと言いながらも（他の一門では無季の句を発句にする例は多くありました）、芭蕉が次のように語ったことを紹介しています。

> 発句も四季のみならず、恋・旅・名所・離別等、無季の句ありたきものなり。されど、いかなり故ありて四季のみとは定め置かれけん。その事を知らざれば、暫く黙止《もだし》侍る。
>
> （発句も、和歌と同様に、四季だけでなく、恋・旅・名所・離別など無季の句もあってよいものだ。けれども、なぜ四季の句が発句とされてきたのか。その事情がわからないので、しばらく黙っておるのだ）

つまり、芭蕉自身も発句のありかたに疑問を持っていたようなのです。実際、芭蕉は、無季の句や、季節の言葉を含まないけれど季節を感じさせる句などを作っていました。

世にふるもさらに宗祇のやどり哉　芭蕉 [9]

季節の言葉はない句ですが、宗祇の「世にふるもさらに時雨のやどり哉」を知っている人には、時雨は季の詞として冬の言葉なので、冬を感じさせる句であることがわかります。宗祇の句は、二条院讃岐の「世にふるはくるしきものを槙の屋にやすくも過ぐるはつ時雨かな[10]」という歌をふまえていて、時雨を眺めながら世に生きる苦しさを思った二条院讃岐への共感を示しています。一方、芭蕉の句は、笠を自分でつくったときに詠んだもので、やや貧乏くさい仕事でもあった笠づくりにトライして、「宗祇っぽいね」と楽しんでいる句です。風狂の心をあらわした句として賞賛されています。

「季語」という語は明治生まれ

明治以降、短歌と呼ばれるようになった和歌は、個性を重視する方向に進み、決まりきった春夏秋冬の題で詠むことをあまりしなくなりました。そのため現代の歌人の多くは、暦をとくに気にしないで歌を作ります。

明治には、地発句は、その後に誰も句をつけない単独の「俳句」として独立しましたが（註：明治より前にも「俳句」という用語は存在していますが、俳諧連歌の句すべてを指していて、近現代の「俳句」とは意味が違います）、多くの俳人は、季節の風物をテーマとして詠むことを続けました。

現在親しまれている「季語」という言葉は、明治の終わりに生まれた造語です。小学館『日本国語大辞典』には、明治四一（一九〇八）年に大須賀乙字という俳人が使い始めたという記述があります。とはいえ、大須賀乙字がひとりで考えた言葉ではなく、荻原井泉水ら彼の「周辺で使われていた言葉を乙字が使い始めた、といった方が今や無難そうであ[11]る」と現代の俳人、筑紫磐井《つくしばんせい》は述べています。

季語という言葉が誕生した（とされる）明治四一年は、正岡子規の死から六年目にあたります。短歌の世界では、同年、子規門下の写生を継承する歌人グループが新しい短歌結社誌「アララギ」（創設当初は「阿羅々木」）を始めています。俳壇では、子規から「日本」の選者を引き継いだ河東碧梧桐が活躍していました。子規という巨星が失われ、彼が遺したものを発展させていこうという状況で、「季語」という新語が登場したのは、興味深いことではないでしょうか。

季語に似た言葉に、「季題」があります。子規は生前、「四季の題目」という言葉を使っていて、それが「季題」になったとみられています。

季語と季題は同じような意味で使われることもありますが、多くの俳人は使い分けています。

> 例へば私が今ここへ
>
> 　藤の花
>
> といふ言葉を書く、これだけでは藤の花そのものを表はす単なる「語」に過ぎない。けれどもこれが
>
> 　くたびれて宿かる頃や藤の花　　芭蕉
>
> といふ一句に仕立てられた場合を考て見ると、この「藤の花」といふ言葉は、作者の「くたびれて宿かる頃」の象徴となり、そしてその気分と、藤の花そのものの情趣が融合して、そこに季感が成立つてゐるのである。この場合、藤の花を季

語といひ、藤の花の一句に作用する「はたらき」を名付けて季題といふ。

右の著者、伊東月草は「季語」の誕生に関わった大須賀乙字に師事した俳人で、乙字の意見を引いています。右によれば、季節の言葉を単に語としてみれば「季語」、題としてイメージをふくらませる場合に「季題」という区別になります。前者は、俳諧連歌（連句）で詠みこまれた季の詞の発展形ですし、後者は、和歌などでの季の題の発展形です。なお、「季感」は季節感のことで、これも俳句用語です。

また、昭和の俳壇の重鎮の一人、山本健吉は「季語」のうちで名句に詠まれたものだけが「季題」になると述べました。

> 季題というからには、何等かの美意識による選択がなされた、選ばれた題目であることを要する。だが、ただの季語を季題と化するものは、ある作者によって名句が詠まれたかどうかということで、芭蕉が新しい季の詞の一つも見出すのは後世へのよき冥加と言ったのは、新しい題目で人の口に上るほどの名句を一句でも作り出すということなのだ。そのときそれは、新しい季題として正式に登録されるのであって、近代の例では、「夜の秋」「万緑」「春一番」「釣瓶落し」「乗込鮒」その他、幾つかの例が挙げられるはずだ。

名句から「季題」が生まれた例があることは、山本健吉が述べる通りです。なお、「夜の秋」は「秋の夜」ではなく、秋のような涼しさが感じられる晩夏の夜のことです。俳句以外ではまず使わない言葉なので、例句をあげておきます。

家かげをゆくひとほそき夜の秋　**臼田亜浪**　14
ひとりでに地雷爆ぜたる夜の秋　**堀田季何**　15

季題には、雪・月・花・鶯・雁・柳・桜・紅葉のような、漢詩や和歌にも詠まれてきた伝統的な題と、後の時代に加わっていったものがあります。前者を「縦題（竪題）」、後者を「横題」（明治以降は「新横題」などの呼称も）といいます。四章の俳言に重なりますが、横題には自然現象のみならず、生活に密着した言葉も含まれていて、伝統的な和歌の題との違いが明らかです。

本意は変わらず、本情は変わる

季語季題には「本意本情」と呼ばれるものがあります。辞書では「本意」を、例えば『日本国語大辞典』は「（3）本来あるべきさま。とくに和歌・連歌・俳諧などで、ある題材が本来備えている、最もそれにふさわしいと考えられる性質や意味、あり方。」と説明しています。これに対して、「本情」については、同じ『日本国語大辞典』でも、「本来の情理。本来の性質」としか説明がなく、文芸用語としての語釈はありません。他にも「本性」という言葉があり、実は、これらの言葉の使い方によって、定義がまちまちです。

私自身は、便宜上、「本意」は言葉の本来の意味、「本情」は言葉が持つ様々な性質、在り方、様子、さらには心情など、長い歴史をくぐってきた言葉に付いた情報の集合体のようなものだとみなしています。そのわかりやすい例が「焼鳥」です。

歳時記によっては焼鳥を季語として認めていないものもありますが、一般に焼鳥は冬の季語とされます。冬は雀、鴨、山《やま》鴫《しぎ》などがおいしい季節とされ、かつてはこれらの鳥を自然のなかで捕えて、肉を串焼きなどにして食べていたためです。それを焼鳥の本意及び元々の本情とすれば、現在、誰でも思い描く、焼鳥屋で出てくるブロイラー（食肉専用かつ大量飼育用の雑種鶏）の焼鳥は、後から本情に加わったものです。

日本語の俳句は、作る人と読む人が季語の本意本情を共有していることで、五七五を基本とする僅かな音数でありながら、豊かな内容を伝えることができる仕組みになっています。そこで、日本の歴史に残るような、日本人として感情を共有するような大きな出来事があると、季語の本情は影響を受けます。例えば、太平洋戦争の敗戦以降、「八月」には広島・長崎の原爆投下や敗戦・終戦のイメージが含まれていますし、東日本大震災以降は「春」に大震災や津波のイメージが重なります。

春の星こんなに人が死んだのか　照井　翠
車にも仰臥という死春の月　高野ムツオ
春光の泥ことごとく死者の声

16
17

これらの句が人々の心に残り、次の世代にも伝えられていくことによって「春の星」や「春の月」にも震災のイメージが重ねられていく可能性があります。

混乱しながら増え続ける季語季題

はじめは季語季題として認められていなかった言葉も、名句が作られたり、多くの人に詠まれたりといったことがあると歳時記に掲載され、その数は時代とともに増えていきます。小学館『世界大百科事典』によれば、享和三（一八〇三）年刊行の曲亭（瀧澤）馬琴『俳諧歳時記』で二六〇〇余、その増補版『増補俳諧歳時記栞草』でも三四二〇余とのことですが、令和四（二〇二二）年発行の『新版　角川俳句大歳時記』では、その紹介文[18]によると「見出し・傍題合わせて1万8000季語以上」にもなっています。

どの言葉を季語として認めるかは、俳人や結社によって異なるものもあります。とくに新しい言葉については、判断が分かれるところです。近年若者に人気の「ハロウィーン（ハロウィン）」は季語として定着しつつありますが、まだ抵抗を感じる人もいるでしょう。ホトトギスの会員のほとんどは、三省堂『ホトトギス季寄せ』や三省堂『ホトトギス新歳時記』に収録されていない季題を詠むことを避けているはずです。

歳時記にない季語季題を読むことに対して抵抗のある俳人は少なくありません。しかし、歳時記に掲載されるためには、名句が作られたり、多くの人に詠まれたりする必要があるわけですから、歳時記に掲載されていない言葉を新しい季語季題として詠んでいる俳人が多くいるわけです。「万緑」という言葉は現代の歳時記には必ずといっていいほど載っている主要な夏の季語季題ですが、それを季題として初めて使ったのは中村草田男です。草田男は、王安石の作と伝えられる詩「詠柘榴詩《ざくろをえいずるのし》」の「万緑叢中紅一点」という句に想を得て、〈万緑の中や吾子の歯生え初むる〉[19]という俳句を作りました。当然、彼が発表した当時、歳時記に入っていませんでしたが、この俳句が一気に広まり、「万緑」という季題も一気に広まりました。草田男の師である高濱虚子も〈万緑の万物の中大仏　高濱虚子〉[20]という句を残しています。

有名作家や俳人の忌日が増えていることも、季語の増加の一因です。作家の忌日では、太宰治の忌日「桜桃忌」がことに有名ですが、三島由紀夫の「憂国忌」、司馬遼太郎の「菜の花忌」なども俳人に人気です。ただし、新しい忌日は結社によって採用・不採用が分れる傾向が見られます。例えば角川春樹が主宰する結社「河」は、多くの歳時記が採用していないジョン・レノンの忌日を「レノン忌」として認めていますが、それは次の句に由来します。

レノン忌の闇深くなる神楽殿　**角川春樹**[21]

一般社会では新しいものが登場すると古いものは失われていきますが、歳時記においてはそうではありません。社会の変化によってほとんど使われなくなった季節用品や、時代遅れになった飲食物なども残されています。例えば、夏の季語には、「砂糖水（清涼飲料水がない時代は、夏に砂糖水を飲みました）」、現在では禁止されている漁法「毒流し」、夏の寝苦しさを解消するための「竹夫人」（竹で編まれた抱き枕のようなもの）や「陶枕」（陶器製の枕）などは多くの歳時記に掲載されています。

時代が変わって季節感を失っていながら、季語として歳時記に居座っている言葉も少なくありません。冬の季語「焼鳥」ももちろんその一つ。夏の季語では「ビール」や「冷蔵庫」、「香水」などが代表的です。

そもそも明治以来、日本の暦は新暦に切り替わっていて、江戸時代までの分類と現代の感覚とがマッチしない物事が多々あります。例えば、旧暦の七月七日は立秋の後であることから、七夕は歳時記では秋の行事とされますが、現代の七夕祭は新暦の七月七日に行われるので、季感としては夏の行事です。一方、七月下旬に始まり、立秋が過ぎてからも八月の終わりまで続く「夏休み」は夏の季語とされます。

五月雨をあつめて早し最上川　**芭蕉**

22

この句の「五月雨」は、旧暦五月の梅雨の雨を意味します。ところが、カトリック教会の聖母月に由来する「聖五月」という季語は、西洋由来なので、新暦の五月です。

歳時記はこうした紛らわしさを整理し、俳句を作り、読むことを助けてくれますが、紛らわしくしているのはむしろ歳時記ではないかと思うこともあります。

無季でも俳句になる

俳句には必ず季語あるいは季題がなければならないと、国語教師や一部の俳人は言いますが、俳諧の伝統から見れば、それは正しくありません。私自身は、俳句を成り立たせるパラダイムと有季性は無関係であると考えます。

これまで見てきたように発句（古典俳句）の多くは季の句（有季句）ですが、無季の発句がなかったわけではありません。その上、時季を含む場を重んじた俳諧（古典俳句）の発句から、個人の文学としての近代の俳句が発展的に生じたわけですから、俳句という詩型の定義に「季」は関係ないといえます。

現代の俳人には無季句を「俳句に似たもの」として、俳句とは認めない人たちもいます。

認めるか認めないかは個人の自由ですが、それは古典俳句の芭蕉たちとは合わない考え方といえます。前述の通り去来によれば、芭蕉は「発句も四季のみならず、恋、旅、離別等、無季の句もありたきものなり」と述べたそうです。

高濱虚子が季題を俳句の絶対条件としたのは、たかだか百年ちょっと前のことです。それより数年前に始まった俳句革新運動以降を俳句史とみなす立場からは、虚子らの作品を「伝統俳句」といえるでしょうが、発句を古典俳句とみなす立場からは、近代の作品を「伝統俳句」と安易に呼ぶことには少々抵抗を感じます。その上、虚子が必要としたのは「季題」であって、「季語」ではありません。

そもそも正岡子規も河東碧梧桐も、虚子が俳句に本腰を入れる前に様々な無季の句を作っていました。それに加えて古典俳句における雑の発句の存在や和歌における雑の歌を考えれば、俳句の成立において有季性が必要条件とされていなかったことが明らかです。高濱虚子などによる、季題がなくては俳句でないという主張はむしろ新しく、伝統を逸脱した異端といえるでしょう。

発句（著者註：ここでの「発句」は、連句の発句も近代以降の俳句も幅広く含む）は必しも季題を要しない。今日季題と呼ばれるものは玉葱、天の川、クリスマス、薔薇、蛙、ブランコ、汗、――いろいろのものを含んでゐる。従つて季題のない発句を作ることは事実上反つて容易ではない。しかし容易ではないにもせよ、森羅万象を季題としない限り、季題のない発句も出来る筈である。[23]

右の文章の著者、芥川龍之介は俳句の名手でした。そして、彼の忌日は、晩年の作品のタイトルから、「河童忌」という季語季題になっています。

実は、無季句（雑の句）は有季句（季の句）でないものと定義されていますが、近現代の俳句において、有季句（季の句）が何を指すかについては意見がまとまっていません。先ほど見た通り、季語も季題も季感もありますが、どれも明治以降に一部俳人たちが勝手に考えたことです。季語を入れた句、季題趣味の句（季題を詠んでいる句）、季感のある句……どういう句が有季句として認められるのでしょうか。季語が入っていなくても季題が明白であれば有季句として問題ないとする俳人もいれば、季感と季語の両方を満たしていないと有季句だと認めないとする俳人もいます。歳時記に載っている季語を入れた句しか有季句でないとする俳人までもいます。それでは、草田男の代表句〈万緑の中や吾子の歯生え初むる〉は発表時には無季句、歳時記に「万緑」が載ってからは有季句、ということになり、意味不明です。

季語季題は大切にしたいキーワード（イメージ喚起力のある言葉）ですが、俳句の本質を季節だと思ってしまうと、泥沼にはまる気がします。森羅万象を詠める俳句の底力は、季節の次元を大きく超えています。

第七章　キーワード探偵の冒険

心を開くカギはどこにある？

俳句にはイメージを喚起するキーワードが必要

俳句のように極端に短い詩形では、イメージ喚起力のある言葉を用いることが重要です。その言葉のイメージ喚起力が句世界のありかたを決めます。逆に、イメージ喚起力を備えた言葉のない俳句は、メモ書きや標語のようになりやすいです。

イメージ喚起力を持つ言葉を「キーワード」と呼び、キーワード俳句論を展開した俳人、夏石番矢にならい、キーワードになりうる言葉について考えてみます。

最大のキーワードは季語です。季語はキーワードとしての性格を備えています。季語はその季節をイメージさせるにとどまらず、季語にまつわる人物や事件、季語を詠みこんだ和歌や俳句などを読者に連想させることができます。すなわち、キーワードとしての季語は、本来の意味である「本意」及び時代とともに加わっていく意味やイメージも含む「本情」、あわせて「本意本情」を持っているのです。

ただし、季語のイメージ喚起力には強弱があります。強い季語では本意本情が強烈なイメージ喚起力を持っていて、「切れ」と組み合わせると強さがより際立ちます。つまり、強いキーワードです。一方、弱い季語は季語以外のメインとなる言葉と組み合わさって一つの世界を成立させるなど、強い季語とは異なる働きをしています。これらは弱いキーワードとなりますが、季語によってはイメージ喚起力が弱すぎて、キーワードとして機能せず、ただの季節性の言葉にすぎないものもあります。

地名はその土地の個性が句の魅力になり得る

季語以外のキーワードとして、まずは、多くの人が知っている、物語や歴史的事件の舞台になった地名があげられます。歌枕・俳枕のように、文学的な歴史を持つ土地の地名はその代表的なものです。

イメージ喚起力の強い地名は、その強さのために、季語がなくても句として成立する場合もあります。その例をあげます。

広島や卵食ふ時口開く　**西東三鬼**　①

ベレーはみ出る白髪　神戸でなら死にたい　**伊丹三樹彦**　②

一句目は昭和二一（一九四六）年に広島を訪れたときの句。作者によれば、原爆の傷跡に衝撃を受け、広島で固く口を結んでいた作者がゆで卵を食べるときに口を開いたことを詠んだとのことです[3]。しかし、多くの読者は被爆者の口として読んでいるのではないかと思います。作者の意図を離れ、被爆者の苦しみや悲しみを思わせる理由は、やはり「広島」という地名です。

二句目の作者、伊丹三樹彦は伊丹市出身で、神戸市に縁が深い俳人です。ベレー帽から白い鬢の毛をのぞかせるおしゃれな老人の姿はいかにも港町・神戸らしく思われます。ちなみに、令和元（二〇一九）年、作者が九十九歳で亡くなった場所は神戸ではなく、伊丹市の病院でした。

有名でありながら、やや印象のない土地の名前も使い方次第ではキーワードになりえるという例もあげておきましょう。

栃木にいろいろ雨のたましいもいたり　**阿部完市** [4]

この句の面白さは、「栃木」という地名以外はなんとなくはっきりしないところです。

「いろいろ」は、ざっくりし過ぎる言葉なので、普通は俳句で用いられません。そもそも「雨のたましい」とは何なのか。この曖昧な世界に、地名でありながら、（字面から）樹木でもある「栃木」というキーワードがとても合っているように思います。まるで世界樹のようです。

栃木といえば、宇都宮に次のような句があります。

来たことも見たこともなき宇都宮　**筑紫磐井**　5

この句は「宇都宮」という地名が広く知られていて、なおかつ「確かに自分も行ったことないなあ」という人たちがいそうであるために面白いのです。宇都宮よりもマイナーな地名では「見たこともなき」が当たり前になってしまいます。宇都宮の知名度を逆手に取った句といえるでしょう。

普遍性と時代性の間で

人名や店の名前などの固有名詞もキーワードになりえますが、地名と違って流行や栄枯盛衰があるため、普遍的なものを表現すべき俳句には向かないと考える人が少なくありません。しかし、歴史的な人名を詠みこむことは古くからあり、松尾芭蕉も人名の句を残しています。

義仲の寝覚めの山か月悲し
月さびよ明智が妻の話しせむ　芭蕉

⑥

一句目、「義仲」は木曾義仲を意味します。芭蕉は源平合戦に歴史のロマンを感じていたようですが、その時代の人物の中ではとくに義仲を好みました。義仲寺に墓所があるのも、生前の希望によります。二句目は、出世前の明智光秀が連歌会（武士の社交の場でもありました）を開くにあたり、妻が髪を切って費用を工面したという逸話をふまえた句です。芭蕉をもてなした亭主夫妻への感謝を示したものとされます。

外国人の名前を詠むときも、歴史的な有名な人物の場合ならばキーワードとして機能することが可能です。

口笛ひゅうとゴッホ死にたるは夏か　藤田湘子

窓を出てショパンの高貴春の暮　桂信子

カザルスの無伴奏チェロ筍剥く　小澤實《おざわみのる》

789

カザルスは、ゴッホやショパンより知名度では少々劣りますが、「チェロの神様」と呼ばれた二十世紀を代表するチェリストで、名録音も多く、クラシック音楽の世界では今後も半永久的に語り継がれるであろう人物です。

人名に関しては短歌ではだいぶ事情が違っていて、歴史的な人物だけでなく、話題の人物名を詠みこむことも珍しくありません。時の政治家、芸能人、同時代の歌人など、詠みこまれる人名の範囲は俳句よりかなり広いことも短歌ならではの特徴です。背景には、短歌は私性を重視する傾向が強いことがあるでしょう。作家と同時代の人物の名前は、歌が作られた時代を表現する言葉と受け入れられています。例えば、令和四（二〇二二）年はプーチンやゼレンスキーの名前が多くの人の作品に見られます。しかし、俳句でこの二人の名前を見かけることはほとんどありません。この点は短歌と俳句で大きく違います。

短歌の人名を詠みこんだ例を少々あげてみましょう。

ひげ白みまなこさびしきビンラディン。まだ生きてあれ。歳くれむとす　岡野弘彦

小《お》保《ぼ》方ちゃん・真央ちゃんとちゃんづけし自己満足すやまとをのこは　岩田正
〈ふなっしー〉の気持ち悪さの淡みどり春の電波はどこまでもゆく　米川千嘉子
黒柳徹子の悪意のほとばしり弁当使ふまにまにぞ見ゆ　島田修三
10 11 12 13

これらの歌の人名（とキャラクター名）は、現在のところ日本の二十五歳以上の人々におおよそ通じるかと思います。しかし、十年後、三十年後にはどうでしょう。俳句ではその危うさを嫌いますが、短歌では時代の記録とみなします。

企業名や店名についても同様に、俳句では忌避されます。俳句の短さのために、広告のコピーのように見えやすいという事情もあります。また、企業や店は将来名称変更したり消滅したりするかもしれず、普遍的とはいいがたいことも俳句向きではありません。しかし、それらの名前が効果的に働く場合もまれにあります。

遠足の列大丸の中とおる　田川飛旅子
丸善にノートを買つて鰯雲　依光陽子
14 15

一句目の「大丸」は百貨店の名前。それを知っていても、大きな丸の中を子どもたちが通るような錯覚を起こさせる句です。

二句目の「丸善」は老舗書店で、梶井基次郎の「檸檬」をはじめ、近代の文学作品に登場するため、企業名でありながら文学的なキーワードとなっています。

俳句では企業名や店名を詠みこんだものは非常に少ないのですが、短歌では人名と同じようによく見られます。商品名も多く、若い歌人は異なる世代での商品の認知度をあまり気にしていないようにも思われます。それがいいかどうかは、歌人によって意見が異なるかもしれません。


泣くひとを見てるしかないドトールで白い絵の具に塗り潰される　小島なお　16

ポカリとかアクエリアスのＣＭにくそ食らえって床で寝ている　川谷ふじの　17

らうたしと口に出すとき思い出す　あの自販機のふるふるゼリー　中野　霞　18

もの詣で　もの語　ものものしい　ファミリマートで「もの」を購う　大滝和子　19

四首目以外は若手作家の歌ですが、一首目の「ドトール」をはじめ、カフェのチェーン店の名前を詠みこんだ短歌は、作者の年齢を問わずに見られます。四首目のようにコンビニの名前を詠みこむ短歌も多いです。

戦争は強いキーワード

地名、人名などの固有名詞の他に、キーワードになり得る強い言葉として、私は戦争、テロ、災害などに関係する言葉にも注目しています。「戦争」という言葉自体が強いキーワードですし、正確に言えば、戦争というテーマにまつわる言葉は多くがキーワードになります。戦場で季節的情緒を意識したりすることは稀である上、戦争にまつわるキーワードのインパクトを前にして季語がかすんでしまうこともあり、戦争に関する俳句では季語のない作品も散見されます。

銃後と言ふ不思議な街を丘で見た　**渡邊白泉**

戦争にたかる無数の蠅しづか　**三橋敏雄**

殺戮へ降る雨黒く声阻む　**佐藤鬼房**

湾曲し火傷し爆心地のマラソン　**金子兜太**

廃墟すぎて蜻蛉の群を眺めやる　**原　民喜**

我が母をいぢめて兄は戦争へ　柿本多映

20
21
22
23
24
25

これらの句の作者は全員がアジア太平洋戦争を経験しています。五人はすでに世を去っていて、母を泣かせる出征を「いぢめて」と詠んだ柿本多映は現在九十代です。この世代が残す戦争の句は、貴重な歴史的資料ともいえます。

しかし、戦争はアジア太平洋戦争だけではなく、それ以降も世界中で起きています。朝鮮戦争やベトナム戦争などでは、日本は間接的に関わっています。日本の同盟国である米国は、ほぼ毎年どこかで戦争をしています。令和四（二〇二二）年は、ロシアがウクライナに侵攻しました。次はどこでしょう。現代世界に住む人間である以上、程度の差はあれ、私たちは全員戦争の当事者です。

マリが住む地球に原爆などあるな　渡邊白泉
あやまちはくりかへします秋の暮　三橋敏雄
仏軍基地軍歌の伴奏に草刈機　マブソン青眼
戦争と戦争の間の朧かな　堀田季何

26
27
28
29

キーワードとしては、その他に、恋愛に関する言葉、病気や死に関する言葉なども効果的に働きます。思えば、和歌では、相聞・恋及び挽歌・哀傷として、四季とは別に立っていたテーマです。連句では、恋句の一連をはじめ、恋、病気、死などの句は、作品の中間部で大事な役割を果たします。それらの句には、恋、病気、死などにまつわるキーワードが入っているのですが、季節のキーワードである季の詞（季語に相当）は同時に入っていない場合が多いです。不要だからでしょう。

俳句にせよ、短歌にせよ、ときには季語以外のキーワードから発想することを試してみてはいかがでしょうか。

第八章

1＋1＝1

一つのものを見つめたり、二つのものをぶつけたり

「古池や」は一物仕立てなのか

俳句において、二つの大きな技法として、「一物仕立て」と「取合せ」（配合）があります。前者は一つの句で一つの物事（たいがいは季語）について表現する詠み方、後者は一つの句に二つ以上の物事を配置する詠み方です。こう説明すると非常にシンプルな感じがしますが、実際に句を解釈する際には人によって意見が分かれがちです。

例えば、次の世界的に有名な句が一物仕立てであるのか、そうではないのか考えてみてください。

古池や蛙《かわず》飛びこむ水のおと　**芭蕉**　①

蛙という題材の一物仕立ての句ととらえる人がいる一方で、この句が「山吹や蛙飛びこむ水のおと」になる可能性もあったことをふまえ、取合せと見る人もいます。「山吹より

も古池が合っているな」という選び方は、取合せの句を詠む態度そのものであるからです。
そもそもこの句は古池を見ながらスラスラ詠まれた句ではありません。先に「蛙飛びこむ水のおと」（初案は「蛙飛ンだる水のおと」）だけが決まっていたともいわれます。「山吹や」は蕉門の俳諧師、其角が提案したとも、芭蕉本人が最初はそのようにしていたともいわれ、そこははっきりしていませんが、「山吹や」の案が存在していたことは確実視されています。

山吹は古くから蛙とセットで詠まれてきた花です。平安時代以降、山城の井手（京都府綴喜郡井手町）、京の県《あがた》の井戸は、山吹と蛙の名所とされていました。

かはづなくかみなみ川にかげ見えていまかさくらむ山吹の花　**厚見王**　②
かはづなくゐでの山吹ちりにけり花のさかりにあはましものを　**よみ人しらず**　③
かはづなくあがたのゐどに春くれてちりやしぬらんやまぶきの花　**後鳥羽院**　④

俳諧の勉強として和歌を読みこんでいた江戸時代の俳諧師には、蛙と山吹は親しみのある組み合わせだったと思われます。親しみを感じさせるものは受け入れられやすい半面、新鮮味がなく、時代に埋没しかねません。芭蕉があえて寂しげな「古池」（本人曰く「質素にして実《まこと》」）を選んだのは、新しい境地を求めた姿勢のあらわれといえましょう。

「古池や」と「山吹や」では詠まれている景観が違います。俳文学者の山下一海は、「山吹や」の場合は、蛙だけについての句でなくなるので取合せ、「古池や」の場合は、蛙だけの句になるので一物仕立てとし、その理由を、後者は「上五と中七以下が論理的につながるから」[5]と説明しています。つまり、作句の態度とは関係なく、句の内容で判断するべき、というのです。

一方、堀切実は、蕉門の弟子・森川許六の取合せ論にもとづいて取合せの句とします。許六は題材から連想される範囲内の取合せを「曲輪の内」、題材のイメージの範囲外の取合せを「曲輪の外」と呼びました。[6]それに従うと、「古池や」は、曲輪の内の取合せとなります。

私自身は、三種類の取合せがあると考えています。

木犀や同棲二年目の畳　高柳克弘

遠火事や玻璃にひとすぢ鳥の糞　相子智恵

さま〴〵の事思ひ出す桜哉　芭蕉

一生に打つ一億字天の川　堀田季何

万有引力あり馬鈴薯にくぼみあり　奥坂まや

蟻穴を出づ電力の逼迫す　志田千恵

7
8
9
10
11
12

六句とも取合せの句です。一句目と二句目は、いずれも、一つの情景の中にあるものを組合せています。屋外の木犀が畳の部屋に薫ってきていますし、ガラス越しに、ガラスに付着した鳥の糞と遠景の火事が見えます。三句目と四句目は、イメージが雰囲気的に響きあう事物の組合せです。想念と季語の組合せになることが多く、それぞれ、追憶と桜、一生に一億字くらい打っているという推測と天の川です。一つの情景をなさないものの、情緒的に通じ合っていて、二者のイメージ的な距離は近いです。五句目と六句目は、「二物衝撃」とも呼ばれる取合せで、驚きをともなうイメージの組合せです。万有引力と馬鈴薯のくぼみ、穴を出る蟻と電力の逼迫は、イメージ的な距離は遠く、細い糸でしかつながっていません。これについては、後ほど、もう少し詳しく説明します。

ちなみに、芭蕉は、一物仕立てよりも取合せを重視したかのように書かれていることもありますが、技法に優劣をつける考えはなかったようにも思われます。ただし、取合せの技法を大々的に活用しはじめたのは芭蕉です。

虚子と去来

よりわかりやすい一物仕立ては、季語である対象を丹念に写生した句に多く見られます。

「客観写生」を提唱した高濱虚子の句でその例を見てみましょう

桐一葉日当りながら落ちにけり　　**高濱虚子**
流れ行く大根の葉の早さかな
白牡丹といふといへども紅ほのか

13

一句目は桐の葉っぱ、二句目は大根の葉っぱ、三句目は牡丹の花と、植物の全体ではなく焦点を絞り、じっくり観察して気づいたことを俳句に仕立てています。

虚子は「俳句の作りやう」という初学者向けの文章で、「『ぢつと物に眺め入ること』によつて新らしい句を得ようとする努力を　写生　といひます」と述べています。また、その努力とは具体的には次のような行為であるといいます。

科学者のやうに顕微鏡を用ゐたりメスを取つたりこそはしませんが、ぢつともののに眺め入つて、今迄人の気のつかなかつた或ものを捕へて来よう――発見して来よう――とする点には似寄った努人＊が費やさるるのであります。同じく薔薇を見てゐるにしても、俳句を作る場合には、我等は一茎の薔薇にぢつと目をやつて、其処に我等と薔薇との間に如何なる神霊の交通があるか、自然――神――は如何なる不思議を我等に見せてくれしか。我等は精神を一所に集中して、ぢつとその薔薇とにらめつくらをしてゐることによつて、文学上の新発見をすることが出来るのであります。　**＊ママ、「努力」の間違い**　⑭

右のような「ぢつと眺め入る」タイプの「写生」と並び、虚子は「ぢつと案じ入る」ことも重視していました。かつ、「眺め入る」という行為は「案じ入る」という行為にもなるとも述べています。その例として、虚子が挙げているのが、江戸時代に活躍した、芭蕉の弟子である去来の句です。

湖の水まさりけり五月雨
尾頭のこころもとなき海鼠かな　**去来**　⑮

虚子は「湖の水まさりけり」は、目で見たままではないと考えます。常態との比較をあらわす「まさりけり」ではなく、「斯う降つては此の湖水の水も増さるであらう」と、自分が五月雨や湖水にでもなったかのような気持ちでいたら、湖水の水が膨れ上がったように感じられて「まさりけり」と詠んだ、というのが虚子の解釈です。

また、「海鼠《なまこ》」については、「ぢつと物に眺め入り」ながら、「海鼠の趣を丹田の下で考へて作つたものであらう[16]」と称えています。

ちなみに、「海鼠」は一物仕立ての句ですが、「五月雨」は取合せの句です。「案じ入る」句はシンプルな一物仕立てにはならないことのほうが多く、同じ文章で虚子が去来の「案じ入る」人柄の句として取りあげた二句も同様です。

秋風やしらきの弓に弦張らん　去来

鴨啼や弓矢を捨て十余年[17]

去来はかつて武士であり、「弓矢を捨てて十余年」はノンフィクションです。江戸時代の境涯句ともいえるでしょう。

虚子は去来の句の重みを尊敬していたようですが、本人が「案じ入った」句としてあげている自作の重さはまちまちです。

秋風や眼中のもの皆俳句　高濱虚子
秋風やいつ迄逢はぬ野路ふたつ
秋風や酔を為さずに人歓語
生涯に二度ある悔や秋の風
我《われ》が身に腸《はらわた》無しや秋の風
勝《かち》ほこる心の罅《ひび》や秋の風

すべて取合せの句ですので、句の中で季語の「秋風（秋の風）」とそれ以外が調和しているかどうかの判断で、佳句、駄句の評価が分かれるかと思います。

深掘りする技巧

一物仕立てには、深掘りする技巧があります。一度モノを描写してから切り、さらに、細部の様子や追加動作などの描写を加えて深掘りする技巧です。写生を越えた、モノの本質に迫る写実の味わいが生まれます。

たれ刷いてうなぎの艶やさらに刷く
羽化途中死にたる蝉や永遠に白し
鯨の頭に潮噴く穴や深々と
白鳥の首延べ飛ぶや四羽とも 19 20

小澤實

どの句も、下五で深掘りされていることで、より映像的になる上、詩情も生まれています。

深いところでつながる「二物衝撃」

先ほど紹介した「二物衝撃」という言葉を用いたのは、山口誓子《せいし》が最初といわれます。ただし、私が「二物衝撃」と呼ぶ取合せの形に限らず、取合せ全体を二物衝撃と読んだようです。山口誓子は明治生まれですが、師の虚子とは親子であっても不思議ではないほど、年齢が離れています。虚子の明治七（一八七四）年生まれに対し、誓子は明治三四（一九〇一）年と、二十世紀の生まれです。

サイレント映画の流行した時代に学生時代を送った誓子は、昭和初期、映画理論を俳句に持ちこみ、「写生構成」という造語をもって、虚子の結社「ホトトギス」の内部にあって写生の概念を新しくしようとしました。しかし、現実という素材は構成によって芸術となる、という彼の考えは当時のホトトギスに受け入れられず、ホトトギスを離れて新興俳句運動を牽引していくことになります。

さて、その山口誓子の代表句を見ていきましょう。

かりかりと蟷螂蜂の皃《かほ》を食む
夏草に機罐車の車輪来て止る
泳ぎより歩行に移るその境
海に出て木枯帰るところなし

二句目だけが取合せで、残りは一物仕立てです。いずれも、言葉と言葉、季語とそれ以外の関係性が読者に比較的わかりやすく、句全体の意味も伝わりやすいのではないでしょうか。焦点の当て方、時間の切り取り方の美しさは、まさに映画的です。しかし、次の句はどうでしょうか。

蟾蜍《ひきがえる》長子家去る由もなし　中村草田男　22
鰯雲人に告ぐべきことならず　加藤楸邨　23
霜柱俳句は切字響きけり　石田波郷　24

中村草田男、加藤楸邨、石田波郷はいずれも人間探求派と呼ばれた俳人で、しばしばこうした季語とそれ以外のつながりのわかりにくい句をつくったことから「難解派」と呼ばれました。これらは昭和初期の最先端の句といえるでしょう。

三句とも、前述した二つ目の取合せの形で、想念と季語の組合せです。想念が作者の個人的なものであっても、すでに共有されたイメージとしての季語の働きによって、読者の心に入りやすくなるのです。

想念と季語を取合せる場合、季語から容易に想像できることではまずいですが（敢えて想念を書く意味がない）、イメージ的に近い距離の取合せが良いと思います。例えば、「蟾蜍」の句では家に縛られた長男坊の重いイメージと蟾蜍はとても合っています。また、「鰯雲」は、雲が群衆のように空を埋めていることが、「人に告ぐべきことならず」の孤独感を高めています。

これら難解派の句の発展形として、前述した三つ目の取合せの形として、狭義の「二物衝撃」の句が増えていきます。何となくつながっている感じがする、というタイプの句です。先ほどは、例として〈万有引力あり馬鈴薯にくぼみあり　奥坂まや〉を挙げてみましたが、作者自身は、このような作り方の句について、「ある季語に、思いもかけない取り合わせだけれど、深いところで繋がっているものをぶつけて、そこで新しい火花が生まれることを期待する」[25]と述べています。

「深いところ」というのはとても上手な表現です。一般に文芸の世界では「深い」というのは、「浅い」よりも良い意味で用いられます。ただし、「深いところ」というのは、地表からは見えない場所でもあります。イメージ的な距離が遠いのです。地表にいる読者の多くが、「何でこの二つがぶつかっているの？」と首をひねって通り過ぎるようなおそれもあります。

私は、先ほど「細い糸でしかつながっていません」と書きましたが、この細い糸のつながりが大切だと思っています。連想ゲームでいえば、二段階か三段階くらいの連想で二物のイメージがつながる感じです。それよりも近いと、太い糸になってしまい、驚きが生まれるような二物衝撃の形にはなりません。逆に、何の脈絡のない二物を組合せただけでは、チグハグで珍妙な取合せになってしまうだけで、衝撃は生まれません。

どの取合せの形にしても、大切なのは、読者を引き付ける力が句にあるか、そうでないかです。その力のもとになるのは、二つの要素のつながり方です。思いつきで二つの何かをぶつけただけでは、火花は発生しないのです。

第九章

空けたい歌人、切れたい俳人

歌句の切れ

句切れの問題

日本の中学校国語科では短歌や俳句を学びます。テストでは「この短歌（俳句）の句切れはどこですか」といった問題が出ることもあるようで、中学生向きの教育サイトでは短歌の句切れの見分け方を解説しているものもあります。それを真似て問題を出します。次の歌の句切れはどこでしょう。

こころなき身にもあはれはしられけりしぎたつ沢の秋の夕暮　**西行**　①

簡単すぎましたね。受験的にいえば、感動の中心を示す「けり」があるところが句切れになります。句切れの前が自分のことを詠み、その後に見ている景色を説明しています。前に心情が説明されているからこそ、寂びた景観を思い描いて、「なるほど」と感じることができます。

2 白鳥はかなしからずや空の青海のあをにも染まずただよふ　**若山牧水**

こちらは「や」で切れ、切れの前が自分の思い、切れの後はそう思う理由という構成になっています。「白鳥って悲しくない？　空の青にも海の青にも染まらないで、白く漂っているんだよ」と語りかけているわけです。

短歌は句切れがわかると意味がつかみやすくなるので、こういう問題を出すのだろうと思います。しかし、俳句の場合は、短いこともあり、句切れがわかって意味がわかりやすくなるということは、あまりないかもしれません。

3 夕顔やひらきかかりて襞《ひだ》深く　**杉田久女**

「夕顔や」で切れることは誰にでもわかります。「夕顔の」であっても句全体の意味は変わりませんが、「や」で切ったほうが夕顔を眺めている作者を彷彿とさせます。「夕顔の」になると、襞を覗きこむ視線が強調される感じがしないでしょうか。

たんぽぽのぽぽと絮毛《わたげ》のたちにけり　**加藤楸邨**　④

逆にこちらを「たんぽぽや」と切れ字に変えてみても、やはり意味はそのままです。ただ、いったん「や」で切れてしまうと、「たんぽぽのぽぽ」という、楽しい音の発見が損なわれてしまいます。

万緑の中や吾子《あこ》の歯生え初《そ》むる　**中村草田男**　⑤

この句の場合も、「や」を「の」に変えても、意味的にはそんなに違いはありません。しかし、「万緑の中や」と切字を使うことで、生命力のあふれる緑と子どもの生命がつながっているように感じられたことまでが伝わる仕掛けとなっています。

もともと俳句の切れは、連歌や連句で発句だけは言い切って独立することに由来しますが、言い切って詠嘆の意を示すことで、句の言葉そのもの以上のニュアンスを伝える働きをしています。俳句が十七文字で大きな広がりを感じさせる秘密は、切れにあるといえるでしょう。

断絶する改行と一字空け

　ときどき間違える人がいるのですが、屏風や色紙に俳句や短歌を二行、三行に分けて書いてあるとしても、そこに切れがあるわけではありません。この誤解はとくに俳句では問題があります。俳句では単なる分かち書きと、高柳重信が提唱した多行形式で書かれたものでは、改行の意味がまったく違ってくるからです。

　一般に俳句は一行で認識の瞬間を詠みますが、多行ではその瞬間性が消えてしまいます。逆にいえば、改行することによって断絶を生み出すことができます。つまり、改行によって時間のコントロールが可能となるのです。

　多行の俳句では、もし四行であれば、音楽の四楽章のように、四つの小さな時間のまとまりが存在しています。そのうちの一行に文字がない場合でも、行は行として存在し、読者はそれを味わいます。例えば次の二作品で、読者は空白の行に前後の行とは違う時間を感じ取ることができるでしょう。

　　身をそらす虹の
　　絶巓

処刑台
たてがみを刈り
たてがみを刈る
愛撫の晩年

高柳重信

6

昭和二十二年に始まる高柳重信の多行形式に先行し、富澤赤黄男は戦前から一字空けのある句をつくっていました。「蝶墜ちて大音響の結氷期」という句が広く知られる赤黄男は、西洋の象徴主義などに影響を受けて写生を離れるとともに、一字の空白の可能性を探求しています。

花粉の日　鳥は乳房を持たざりき
寒い月　ああ貌がない　貌がない
零の中　爪立ちをして哭いてゐる

富澤赤黄男

7

こうした一字空けは、切れというよりも激しい断絶の意味になります。日本語の場合、多行形式の俳句はもはや一行の俳句と別の詩型だと思いますが、一字空けの俳句は中間に位置します。よほどの覚悟を持って用いるべきだと思います。

これに対し、短歌の一字空けは一般にそれほど強い意味を持っていません。歌人は漢字が長く続いたり、読みづらかったりするのを嫌う傾向もあるため、短歌では俳句よりもずっと頻繁に用いられています。そもそも、短歌の切れは、俳句の切れと違って、息継ぎの場所であり、歌の韻律を整える効果が主です。短歌の一字空けは、その切れの位置に、大抵は読み易さのために挿入されるのです。例えば次の四首目は、字の連なりを解消するためでなく、口語調の「ある」が（連体形でなく）終止形であることを示して、読み易くするためです。

たとへば君　ガサッと落葉すくふやうに私をさらつて行つてはくれぬか　**河野裕子**

いくつかのやさしい記憶　新宿に「英《ひで》」という店あってなくなる　**俵万智**

「雨だねぇ　こんでんえいねんしざいほう何年だったか思い出せそう？」　**笹井宏之**

記憶違ひはさう想ひたい欲念の素顔でもある　秋の風吹く　岡井隆[8][9][10][11]

世代もタイプも異なる作者が一字空けを用いているところにも、俳句との違いがはっきりと感じられるでしょう。

切れが言葉を輝かせる

一字空けに対する態度が短歌と俳句で大きく異なる理由は、切れの意味合いの違いでしょう。前述の通り、短歌の切れとは、基本的には韻律を整えるものであり、息継ぎです。一首に二か所の切れがあってもそれほど問題視されません。口語ではあえて切ることをしないで、ひと息で話しているような作品もあります。

一方、俳句の切れの役割と効果については多様な意見があります。時代によっても、人によっても、切れの定義は異なります。高山れおなの著書『切れ字と切れ[12]』にでも明らかですが、本当にバラバラなのです。同じ人が年代によって違う定義づけをしていて、読者として戸惑うこともあります。切れ字の問題も含まれます。私の考える切れについても、あくまでも「季何的」な切れとして受け取ってください。

　私は、切れとは切断ではなく、刀の切れとか、技の切れとか、そういうものに近いと思っています。それはなぜかというと、俳句では切れによって言葉が輝くことが非常に大切なエッセンスとなっているためです。輝くべき言葉がなければ切れませんが、あればそれを切ることで輝かせることができます。読者のイメージを喚起させる環境づくりに、切れは大きな貢献をしています。実際、俳句の切れは句中の切れだけではありません。句末の切れもあります。例えば、「かな」で終わる句です。

　そこで、俳句では切れの活きる箇所、多くの場合、切れの直前にイメージを喚起できる言葉やその集まりを持ってくることが肝要となります。例えば、何かを連想させやすい言葉、余韻を響かせたい言葉、句の一番のポイントになる言葉などです。ときにそれは季語でありましょう。季語にも強弱がありますが、強い季語では本意および本情と呼ばれるものが強烈なイメージ喚起力を持っています。強い季語を切れと合わせて使うのはとても有効な手段といえます。ただ、弱い季語は弱い季語で、季語以外のメインとなる言葉との組み合わせや、季感以外のイメージ喚起力で一つの世界を成立させるなど、強い季語とは異なる輝き方が可能です。

私が考える俳句の切れが生きる条件は、一つ目が輝く言葉。今申し上げたようなイメージ喚起力のある言葉です。そして、二つ目は全体の短さです。自由律俳句では三十音を越えるものもありますが、四十音にもなるとよほどの工夫をしないと切れの効果を得ることが難しいでしょう。切れを入れても、きちんと切れずに、きっとだらけた印象になってしまいます。また、強い季語を入れても四十字の中では埋没してしまいます。句は短ければ短いほどイメージや連想に頼ることになり、それが切れを生かすのです。

その点、五七五は短さとして適度です。さらに、五七五には長い歴史があり、日本人の間で定型として機能しているため、作者を縛ると同時に中には自由があり、読者のイメージを広げやすくしています。

型は俳句の挨拶性にも関わります。挨拶とは互いが言葉や仕草の意味を理解していることで成立するものです。「こんにちは」という挨拶にしても、もともと「今日は結構なお天気でござる」などと言っていたものが省略されたものですが、我々には挨拶として通じます。同じように、季語というものも本意、本情というものが共通理解としてあることで成り立っています。紅葉は秋、桜は春などという説明がなくても日本人同士では季語が示す季節感を理解し、想像することができます。

ただ、五七五や季語は絶対的なものではありません。挨拶は様々に工夫して良いものであって、「こんにちは」のかわりに「ごきげんよう」とも言えますし、目礼ですませる場合もあるわけです。俳句の挨拶性を重んじるなら、絶対に五七五でなければならない、絶対に季語を使わなくてはならないといった決めつけは、「マナー警察」になるのではないかと思います。俳句には、マナーもルールもありません。

日本語なら切れがなくてもなんとかなる

こういうことを考えていくと、俳句を俳句たらしめるものは、日本語の場合、

一　季語的な、切れで活きるキーワード（場合によってはキーフレーズでもいい）

二　切れ

三　短さ（定型なら満たすが、定型に限らない）

以上の三つであろうと私には思われます。

この三つのうち、日本語の場合、なくてもなんとかなりそうなものは、二の切れです。ある程度の短い言葉の連なりに、本意、本情あふれる言葉やイメージを喚起する言葉が入っていると、日本語の場合は切れがなくても俳句的になりえます。

切れは言葉を活かす存在で、主役ではありません。高山れおな[13]が、「切字というカオス

的な前史をもつために過大視されているが、それは本質的に小さな、相対的な事案にすぎず、季語や定型（山口誓子がいう伝統からひきついだ二つのもの）とはその重要性において比すべくもない」と述べていたのも、そのような観点があるかもしれません。同書は、歴史的な扱いの整理と考察が主で、切れの定義を分類したり、切れの効能について論じたりするものではなかったので、こういう展開になったのでしょう。

第十章 「私」はどこまで「私」なの？

短歌と俳句の「私性」

短歌や俳句はノンフィクション？

一人称の小説で、主人公と作者が同一人物でないのはごく普通のことで、若い男性作家が女性を語り手に「私が」と書くこともあれば、老人を語り手として「私が」と書くこともあります。読む前から私小説であると知っていれば別ですが、「これは作者が体験したことが書かれている」と思って小説を読む人はあまりいないでしょう。多くの場合、小説には「これはフィクションです」という断り書きも入れません。

ところが、短歌や俳句は詠まれている内容は作者の実体験に基づいていることが多く、読者も作品の「私」とは作者であると信じている人がほとんどです。

とくに短歌は「私《わたくし》性《せい》」に強くこだわっています。「私性」とは、ざっくりといえば、作者と作中の「私」が一致している、もしくは、とても近いという関係性の「私」のあり方です。作者は作中で自分自身を「私」として表現し、作者と作中の「私」が一致するのは当然、という立場が明治以降の短歌の主流をなしています。斎藤茂吉から「アララギ」の編集発行人を受け継ぎ、戦前戦後を通じて昭和歌壇の重鎮だった土屋文明は、こう述べています。

> 歌は、なにも自分のことだけうたえというのではないが、まず第一歩は自分のことからというのは、原則だろう。 ①

この「原則」に忠実な歌人が歌壇の主流、そうでないと反主流というわけです。

俳句の場合も、ノンフィクション性を重んじる立場の俳人は多いです。その一人、石田波郷の主張を紹介します。

> 俳句は境涯を詠ふものである。境涯とはなにも悲劇的情緒の世界や隠遁の道ではない。又哀別離苦の道でもない。すでにある文学的劇的なものではなくて、日常の現実生活に徹してなくてはならない。小説戯曲、詩それら一連の文学は、創作である。ひとり俳句のみが創作、作為構成その他類似のさういふ言葉の概念をすべてとらない。生活に随ひ、自然に順じて生れるものである。作句の心は先づここになければならない。 ②

作者が実際に体験ないし感得したことを作品にすることで、作品ないし作品群から作者の人生、人間性、波郷の言葉でいえば境涯が提示される。俳句とはそういうものでなければならないと波郷は考え、実践しました。病気がちだったので、病んでいる自分や療養生活を詠んだ病中吟をたくさん残しています。

雪はしづかにゆたかにはやし屍室《かばねしつ》　**石田波郷**
今生は病む生なりき鳥頭《とりかぶと》
黄菊白菊自前の呼吸すぐあへぐ
3

波郷は弟子の能村登四郎にも「生活を出しなさい」と指導しました。それによって登四郎は教師である自身の日常生活を題材にした作品をつくっていき、第一句集を『咀嚼音』と名付けました。すると、二人の師匠だった水原秋櫻子からは「なんて汚い題名だ」と呆れられてしまいます。秋櫻子はノンフィクション性にこだわる俳人ではありません。虚子流の客観写生が大嫌いで、「ホトトギス」を離れています。自然上の真よりも文芸上の真を重んじました。美意識重視の師・秋櫻子と、生活感も意識する弟子・登四郎の違いがわかりやすい作品を並べてみましょう。

瀧落ちて群青世界とどろけり　水原秋櫻子

くちびるを出て朝寒のこゑとなる　能村登四郎

春雷や暗き廚の桜鯛　水原秋櫻子

これやこの重く冷たき漬菜石　能村登四郎

冬菊のまとふはおのがひかりのみ　水原秋櫻子

ゆつくりと光が通る牡丹の芽　能村登四郎

[4][5][6][7][8][9]

境涯という言葉は現在ではあまり用いられなくなりましたが、波郷が登四郎にすすめた「生活を出しなさい」という指導は、今もあちこちでなされています。「生活」という言葉を出さなくても、「私は、俳句を日記のように作ることをお勧めします。正直に、素直に、そのときの自分の生きた記録を書いていく、それがもっとも親身で無理のない句作と思います[10]」という考えを標榜する俳人は少なくありません。

近代的概念の混乱

江戸時代までの日本人は、和歌や俳句に限りませんが、私性のようなものをほとんど気にしていません。和歌は儀式や社交のためにも詠まれていて、立場や状況に応じた歌の詠みかたのパターンがかなり決まっていました。

例えば歌会などでは天皇は恋をしていなくても恋の歌を詠む場合があり、天皇が恋の歌を歌うのはこう、というものにのっとって恋の歌を詠みました。作者の下に、みんなの共通認識としての主体を置いていたのです。その下に作中の主体があり、作者の実体というのは作品には出てこない。それは普通のことでした。

俳諧連歌においても、発句（最初の句）は、その場ないし座への挨拶として、季節や場所を反映していた句でしたが、ノンフィクション性は問われませんでした。むしろ、座の共通認識に訴える句が好まれました。俳諧の言葉における共通認識には、中国を含めた古典の知識、当時の流行、亭主の職業や句会の場所に関する常識などが含まれます。

発句だけが独立した地発句においても、私性や実体験による束縛のようなものは生じませんでした。無論、一茶のように、人生上の実体験に基づく個人的な句が代表作の多くを占める俳人も出ましたが、それでも、象徴や寓意が活用されていたり、場面設定がされていたりして、日記的ではありません。

近代において短歌や俳句に私性やノンフィクション性が求められるようになった背景には、純粋な日本の文芸のままであることを放棄し、西洋の美術・文芸・思想を性急に取り入れていった歴史的事情があると思います。

明治時代、自然主義、写実主義といった分類、リアリティ、パーソナリティといった概念が、整理しきれないままに日本に入ります。それが小説のみならず、短歌や俳句の理論を打ち立てる際にも混用されました。

フランス革命以降に等身大の小市民を描くために西洋で発達した各概念は、日本で様々な形で曲解され、その上、短歌や俳句に色々なルートで勝手に取り入れられることで、現代にいたる混乱を生んでいます。

正岡子規が美術の用語を転用した「写生」は、俳句では高濱虚子が発展させて「客観写生」を、短歌では斎藤茂吉が発展させて「実相観入」を提唱します。虚子は見たままを写そう、茂吉は見る対象に気持ちを入れて感じたままを表現しよう、と多少は違いがありますが、写生重視の姿勢は共通です。

しかし、彼らのいう写生がストレートに見たまま、感じたままかというと、そうではありません。何かを写すにしても、どこかに必ず主観的なものが入ります。そうでなければ、その人ならではの感覚を示す「○○のような」という比喩も生まれません。見たままを誰でも使うような言葉で表現すると、ただただ陳腐になってしまいます。

写生をするときには題材や構図を決めなくてはいけません。街路樹を写生するにしても、木を一本写生するのか、通行する人や車も入れるのか。これらの事柄を決めるときには、かなり主観が入っています。それは写真も同じことで、どのアングルにするか、どこに焦点を合わせるか、どういうスピードでシャッターを切るかを判断するのは撮影する人間です。

そもそも、美術用語を文学に使うこと自体に問題があって、本来は写生の対義語である写意も、虚子や茂吉などの写生には含まれてしまっています。日本独自の発展を遂げたといえば、聞こえは良いのですが、純粋に定義の面で失敗しただけでしょう。現代の俳壇でも、写生、写実、ノンフィクション、嘱目を分けずに語っている人は多いです。

前述の波郷は、俳句に境涯性を持ちこみましたが、これは短歌的な写生及び私性に近いです。近代以降の短歌は、自分の気持ちまで入れる写生（もはや写意）やありのままの自分を描く私性（等身大の小市民を描く西洋的な概念とは違って、私小説的）の方向に発展しましたが、波郷は、これらを俳句に持ちこみました。虚子の写生とは違っていた上、境涯性では俳句特有の普遍性を獲得しづらいことから、対立はありましたが、現代では、波郷の概念さえも虚子たちの概念と混ぜこぜにされ、日記、つまりは自分が生きた記録、日々の自分と自然の記録、といったものとして、「俳句＝日記」のような概念が広く浸透しています。

当然、俳句日記論は矛盾を孕んでいて、それに盲従している俳人たちの多くは、嘱目の自然と歳時記的な本意本情に基づく季語の差を曖昧にしています。また、多少の嘘はいいという不思議な独自ルールを生んでいたり、兼題（前もって出される題）や席題（その場で出される題）ではフィクションの句が出てもノンフィクションのようであれば構わないという露骨な例外を容認していたりと、ちぐはぐな振る舞いが見受けられます。

これは、時折、戦争や災害における俳句の当事者性問題にも発展します。自己体験による戦争俳句、あるいは間接的な体験や取材、想像による戦火想望俳句においては、平均的な出来不出来の差はなく、どちらにおいても少ない天才俳人たちの俳句だけが傑出している事実は、俳句においてノンフィクション性や当事者性を求める愚を感じさせます。

作品にとって大事なのは、作品の中の「私」と作者本人が一致することではなく、作者の対象や世界に対する認識といったものが作品に表現されていることのはず。このことは、自由詩、川柳、小説、戯曲といった他の文芸形式では、既に自明です。

作者の多層構造

文学作品の内容を決め、言葉を選んで作品を作る作者とは、一体どのような存在なのでしょうか。俳句を例に考えてみます。

俳句には別号を持っている作者が多く、作者Aと作者Bが実は同じCさんということは往々にしてあります。Cさんが本名を隠していれば、Cさんは作者として決して語られることがない存在ですが、現実の世界に生きて存在する作者とはCさんです。

俳句は、ある意味、認識の瞬間を詠む文学ですから、作者とは誰かの名前で誰かとして認識したことを誰かの視点で詠んでいる、と考えてみましょう。

この作者は、「作者総体」として多層構造になっています。その構造の一番上にあるのは、生身の肉体をもって現実世界を生きている「作者実体」です。その下には、作者実体が決める「認識主体」が存在します。認識主体は現実にも作中にも存在しないのですが、世界を認識する立場にあります。一般に作者と呼ばれるのは、作者実体と認識主体の二層におよぶ部分です。

俳句の内容は認識主体による認識に基づいて、作者実体が決定します。認識主体の下には、その内容に従って作者実体が決定する「視点主体」があります。視点主体は作中の存在で、視点主体が定まることで内容の表現が可能になります。内容を表現する過程には「作中行為者」が生まれます。一般に私性や作家性の議論で「作中主体」と呼ばれるものは、視点主体と作中行為者の二層をひとまとめにしていることが多いようです。

　さらに、作者実体、認識主体、視点主体、作中行為者の四層を包みこむようにして「作者名義」があります。作者実体、認識主体、作者名義は作品の外にいる、パラテキストの存在です。複数の作者実体が各自の句を一つの作者名義のもとで発表することもありえます。連作や句集においては、作者実体以外は一句ごとに違う場合もあるでしょう。

　この作者構造は物語論（ナラトロジー）などを参考に私が独自に考えたもので、とくに、認識主体の設定はまったくのオリジナルです。認識主体は物語論では見過ごされてきた存在ですが、認識主体と作者実体は別で、あえて作者実体とは異なる認識をする認識主体を置くこともあると思います。例えば、特定世界における共通認識に基づくある役割の存在として句や歌を作る場合、作者実体とは別の作品外の存在として浮かび上がります。

　短歌や小説など他の分野でもおおよそ同様の構造で作者が存在しています。

読者という作者

多層構造の作者とは表裏一体の関係で、読者が作品を読んで想像する「作者像」というものがあります。短歌ではとくに作中の人物を作者ととらえる傾向が顕著なので、作中の人物がスカートをはいていれば、性的偏見を基にしてしまい、作者は女性だと想像する読者が多いわけですが、本当のところは作品だけではわかりません。俳句は短歌よりもさらに短いので、一句だけで作者がどのような人物であるかを想像するのは非常に困難です。けれども、作品の解釈に正解はないのですから、読者が想像する作者と作者実体がものすごく離れていても、別によいのではないでしょうか。

短歌や俳句は文学ですから、フィクションであってもいいのです。重要なのはフィクションかノンフィクションかではなく、良い作品かどうかではないでしょうか。短歌の場合は個人的な体験を落としこんでいって、良い作品になる可能性は俳句よりも多くあると思います。例えば、「私は○○という病気になって病院に入ったら、ヤブ医者でした」ということさえも、短歌ならば良い作品になる可能性がありそうです。なんといっても、「歌える」だけの文字数があるのです。でも、俳句での可能性はほぼゼロでしょう。十七文字程度でこの状況を伝えることができたとしても、状況報告で終わってしまっては良い作品といえません。

とくに俳句では言葉が普遍的なイメージに向かってぱっと開くことが重要です。江戸時代の名句には作者をほとんど感じさせない作品も多くあります。芭蕉の「古池や」も実際には池を見ていなくて、蛙の声も聴いていないかもしれないのですが、そのことが作品の魅力を損なうわけではありません。小林一茶のように色濃く生活を感じさせる俳句も、それはそれで良いのです。波郷の作品も、自分の生活を詠んでいても普遍的なイメージにつながるものがあるので、読者の心に響いてくるのだと思います。

また、客観写生を標榜した虚子にも、対象を目に見えたまま写していない作品が少なくありません。

爛々と昼の星見え菌生え　　高濱虚子
去年今年貫く棒のごときもの

⑪

作者は棒のごときものを手に持っているのか、眺めているのかさえ読者には分かりません。でも、読者にはそんなことはどうでもいいのです。棒のごときものが時空を貫いていると感じながら年の暮れを過ごしているのは、もはや作者ではなく、読者その人なのですから。そう、俳句は、その短さゆえ、読者が銘々完成させる詩なのです。

第十一章

宇宙人を詠む方法

俳句とリアリティ

第十一章　宇宙人を詠む方法

誤解されてきた写生

大正から昭和にかけて俳壇のトップにあった高濱虚子は、「写生」を重視する姿勢を正岡子規から引き継ぎました（註：ただし、正式な「後継者」になるのは断っています。愚直なまでに見たものを優先する子規と、季題の情緒も考慮せねばならないと考える虚子の違いがあったようです）。そして写生、とくに「客観写生」を提唱しながらも、客観写生に反する作品を多数作っています。例えば、虚子は自分が見た夢を題材に詠むことも行いました。

子規の「写生」は見たままを詠む、あるいは体験のありのままを詠むことでしたから、その立場においては俳句の題材は作者という身体がリアルに体験可能な事柄を詠むことに限定されます。よって夢のように、リアルではない世界を描くことは、写生ではないと思う人もいるでしょう。

しかし、自分が本当に見た夢であれば、夢であってもノンフィクションであり、それも人間のリアルとみなすことも可能、と考えることもできます。

すぐ来いといふ子規の夢明易き　高濱虚子　1

夢に舞ふ能美しや冬籠　松本たかし　2

この二つの句では、季語は目覚めている自分のいる時間を示しています。季語と夢の内容が響き合い、句として成立しているという形です。二句目の松本たかしは宝生流の能楽家の家に生まれながら、病気のために十代で能楽の道を断念しています。そんな彼にとって、能はリアルな存在でもあったでしょう。

リアルな体験と句のリアリティは別問題

夢を拡大されたリアルとして描く手法のほかにも、身体的に体験していないことを題材にリアリティ（註：本章では、広義のリアリティとして、アクチュアリティと区別しない）を感じさせる俳句を作る手法はいくつかあります。その一つが、昭和初期の新興俳句でした。

昭和初期に始まった新興俳句は、はじめ水原秋櫻子や山口誓子が指導的立場にいましたが、やがて彼らは無季俳句を否定して、そこから離れます。以後はモダニズム、ダダイズムなどの影響も受け、芸術的な新しさを追求していきました。その過程では、社会の出来事や世情を題材とする社会詠が重要な意味を持っていました。

戦争が廊下の奥に立つてゐた　　渡邊白泉
憲兵の前で滑って転んぢやつた　③

戦争が廊下に立っているなんていうことは、常識ではありえません。それでいながら戦争というものをこれ以上的確にとらえている句はないと思います。また、無季（雑）、口語の使用、滑稽は、すべて近世の俳諧が備えていた要素であり、俳諧的な伝統を全部備えている俳句ともいえます。そして、何よりここには時代のリアリティがあります。

この時代の新興俳句で、戦争を詠むことで注目された若き俳人、三橋敏雄の句も見てみましょう。

砲撃てり見えざるものを木々を撃つ　　三橋敏雄

三橋敏雄は日中戦争で陸軍兵として中国大陸に……、というわけではありません。これらの句をつくったとき三橋敏雄は十代後半で、日本にいたのです。

新興俳句では、日中戦争が始まった頃から、戦場を想像して俳句を作ることを意識的に実践していました。彼らの想像による戦争句は「戦火想望俳句」と呼ばれます。当時も今も、戦火想望俳句は机上のものとして批判されることがありますが、私自身はフィクションかどうかで作品を評価することには反対です。三橋敏雄の掲句は戦争というものの恐ろしさを読者にリアリティをもって伝えることに成功していると思います。

戦火想望俳句とは反対に、戦場での体験や銃後の生活を体験したまま、見たままに詠んだ俳句も非常に多く残されています。赤紙が来た緊張感、出征する家族を思う気持ち、乏しい食糧に耐える生活などなど、実際に体験した事実がそのまま詠まれました。戦前にノンフィクションとして俳句をつくってきた人たちが、戦時中もノンフィクションとして俳句を作ればそうなるわけです。

戦時下の人物が経験したもの、見たものを、そのまま詠んだ俳句には、時代の証言としての価値が十分あると思います。しかし、残念ながら、芸術的には大半が駄作です。「こんなに我慢しています」「こんな恐怖と戦っています」という、当時多くの人が感じていたことをそのまま（ベタに）詠んでしまっているのです。そうした句に比べると、戦争の本質に肉薄しようとして生まれた「戦争が廊下の奥に立つてゐた」という抽象的な表現に、読者はより強い衝撃を感じるとともに、平凡な日常の延長にある戦争というものをよりリアルに感じるのではないでしょうか。

どこにでもある類想の穴

　題材が日常生活だろうと、戦争だろうと、誰もが感じることをそのまま表現すれば、具象的でよくわかる句であっても、あるいは具象的でよくわかるほど、新鮮味のない類想の句になります。

　類想とは似たような発想で作られた作品のことです。たまたま似たような題材を似たような言葉で詠むことが、俳句ではしばしば起こります。その理由は言葉が少ないためで、俳句を詠む人が増えれば増えるほど類想句も増えるのは自然の流れといえましょう。

　俳句の生命は認識の瞬間を詠むことにあると私は考えていますが、類想句は読者に「ありがち」という印象を与えてしまい、作者にとっては感動的な事柄が詠まれている作品だとしても、読者の側が感動することが困難です。
ただし、先に詠まれた作品のほうが作品として必ずベター、というわけでもありません。

獺祭忌明治は遠くなりにけり　志賀芥子《かいし》　5
降る雪や明治は遠くなりにけり　中村草田男　6

草田男の句は非常に有名で、ご存知の方も多いかと思います。もとは「雪は降り明治は遠くなりにけり」であったものを推敲して「降る雪や」にしたといいます。「や」を用いて鮮やかに句を切ったことで、降る雪を眺めながら過ぎ去った明治の幻を見ているという、視線のありようが印象的になりました。読者の共感を誘う、リアリティの強度が増したともいえます。一方、「獺祭忌～」は先に作られた句ですが、「獺祭忌」が子規の忌日のことを意味することから、やや内輪受けの句になってしまいました。

このように先に類想句があることは、必ずしも悪いことではありません。しかし、前述の通り一般的に類想句は「ありがち」という印象を与えるだけのものになりやすいです。現代でも体験をあるがままに詠んで類想に陥る例は、非常に多くあります。作者は「本当に見たんです」「本当にこうだったんです」と言いますが、リアルであっても、リアリティのない表現は読者の心に届きません。

言葉のバーチャル・リアリティ

リアルではなくリアリティを追求する方法として、私が師事した小澤實ならびに彼の結社「澤」が実践している作句姿勢をあげたいと思います。

観阿弥一座里芋村に旗上す　　小澤實
神の旅寒流の魚色深む
神護景雲元年写経生昼寝
室町以後動かぬ石や梅雨深き
ネアンデルタール以来なる鬱冬籠
翁に問ふプルトニウムは花なるやと

7 8 9 10

小澤實は実際に見たか見ていないかに、まったくこだわりません。想像、知識、古典を基にした句でも構いません。嘱目である必要がないのです。リアリティのある表現が可能であれば、時間的・距離的に遠いものでも、作句の題材とします。「観阿弥一座〜」「神護景雲元年〜」は想像、「室町〜」や「ネアンデルタール〜」は知識が、「翁に問ふ〜」の句は古典がそれぞれリアリティを阻害するどころか補強しています。

大寺のいくつほろびし日向ぼこ 11
大寺の消え失せにけり冬の滝 12
小澤實

そういう意味では、まったく違う時期に作られた大寺の二句は、興味深いです。日向ぼこの句は、長い歴史の中でいくつもの大寺が滅んだという知識が、日向ぼこの中に佇んでいる身体感覚のリアリティを補強します。逆に、冬の滝の句は、冬の滝しかない情景の視覚及び聴覚の身体情報が、そこに廃仏毀釈の時まであった大寺が消え失せた知識のリアリティを補強します。

そういった作句姿勢の中で、手法として小澤實が好んでいる一つは、即物的に対象物のディテールを描くこと。写生ではなく、写実です。先の句では、「神の旅〜」がそれにあたり、魚の「色深む」には読者を納得させるリアリティがあります。しかし、実際には寒流を航海していないでしょうし、ましてや水中の魚の色なんか比較しながら見ていないでしょう。映像で見たのかもしれませんが、それは実際に海で見るのとは違う行為です。言葉によるバーチャル・リアリティ的な表現ともいえます。

彼の弟子たちも同じように、実際には見ていない物を詠むことをやっています。写真やYouTubeなどで見たものを詠むことも、「澤」では問題ありません。その点では、戦争の報道から戦場を詠んだ戦火想望俳句に近いともいえます。

宇宙船凍つライカ犬乗せしまま
月に躁ぐわが細胞や六十兆　**池田瑠那**

小澤實たちのリアリティとは、生命感、生活感であり、いわば生きている手触りのようなもの。最初の四句は、生命の生々しさがあふれる題材として、大小の排泄物も詠んでいます。俳諧で排泄を扱うのは『犬筑波集』以来の伝統だったものの、風雅や格調というお題目に長くかき消されていました。リアリティという形で現代に復活するのは喜ばしいことです。

つばくらの糞うづたかし湯宿なる　**小澤實**
遠火事や玻璃にひとすぢ鳥の糞　**相子智恵**

髪洗ふシャワーカーテン隔て尿る　榮猿丸
陽炎の中にて幼女漏しゐる　堀田季何
胴ながきわれあり桜ふりつづく　小澤實
杉の実や魔羅重さうに土地の馬

14 15 16 17 18

最後の二句のように、身体的な特徴や部位も、生々しさを感じさせる題材といえるでしょう。しかし、動物のものでも「魔羅」という言葉を使う俳人は多くありません。この手の題材は気をつけないと俗っぽくなり過ぎてしまうので、排泄物と同様、なるべく避けるように指導してしまっている俳人が多いのではないかと思います。

拡大するリアルを象徴化する

リアリティの手法として、私が以前お世話になった夏石番矢の象徴化もあげたいと思います。夏石番矢は前衛俳句の高柳重信の弟子で、平成一〇（一九九八）年に国際俳句雑誌『吟遊』を立ち上げています。いわゆる「前衛俳句系の名残」でなく、現代において前衛を実践している俳人であり、彼の作品には現実と幻想の間を自由に行き交うような魅力があります。

千年の留守に瀑布を掛けておく
不可逆性虚血性銀河ニ帰ラナム
夢に見よ身長十億光年の影姫
すなあらし私の頭は無数の斜面
氷の首都いかなる亀裂も無修復

夏石番矢

19
20

彼は季語をキーワードととらえ、季語以外にもキーワードを広げていくことを提唱しているのですが、言葉だけの前衛というのが大嫌いな人でもあります。彼の句には認識の根幹があります。様々なキーワードが働いて、とくに日常の世界に接近した（しかし、日常とイコールではなく、象徴や詩的飛躍が駆使されている）近年の句は、読者にハッとなる感覚を与えるリアリティを備えています。

彼のブログの日記を見ると、日々の生活が作品のもとになっていることがよくわかります。象徴化という加工によって鮮烈なイメージをつくり出していますが、元になっているのは、実際に目にした風景や体験であることが多いようです。

多少手前味噌になりますが、私の作品も観念的でありながら、リアルでもある、と私自身は思っています。そもそも目に見えるものだけがリアルではないのが、本当の生活ではないでしょうか。とくに現代においては、目に見えない抽象的なリアルが、日々の生活にも大きな意味を持っています。例えば、監視社会。私たちはしばしば気づかないまま監視カメラに撮影され、誰かの目にさらされています。

檸檬おく監視カメラの正面に
ええそうです私が柿を置きました

堀田季何
赤《あか》野《の》四《よつ》羽《ば》

21
22

拙句は梶井基次郎「檸檬」の本歌取をしていますが、「檸檬」では主人公は誰にも見られず丸善にレモンを置くことができました。しかし、今は監視カメラがあります。地球のどこかでは、監視カメラの前に本当の爆弾を置く人もいるでしょうし、本当のレモンを基次郎のように（爆弾のつもりで）置く人だっているはずです。後者の場合、カメラの向こう側はどう反応するでしょうか。

二句目では、レモンは柿になります。しかし、どうもトラブっているようです。「はい、確かに置いたのは私ですよ、でも檸檬じゃなくて柿ですよ、柿は平気ですよね」と作中主体は主張します。これは人間世界の縮図です。

私が令和三年に刊行した句集『人類の午後』は、こうした象徴的な表現に否定的だった俳人からも、意外にも「今の社会を俳句として描かれていることに刺激を受けました」といった好意的な声が寄せられています。これもいわゆる「コロナ禍」による変化でしょう。疫禍では政府も一部メディアもおかしくなり、戦時中のような、何が本当なのかわからない状況が生まれました。想像もしなかったことがリアルに起きた結果、人々のリアルの範囲は広くなったように思われます。〈水晶の夜映写機は砕けたか〉のようにナチスを描いても、歴史的な俳句にとどまらない、今につながる句として受け止めてくれる人が増えています。

十年前、東日本大震災で日本の人たちは現実について少し目が覚めたのですが、年月とともに衝撃は薄れ、「自然は怖い」とだけ結論づける流れがつくられました。しかし、あれには人災という面もありました。一部メディアも大本営発表に従う形で「嘘」をつきました。コロナ禍ではもっとひどくなり、本当のことは誰にもわかりません。

この現実をいろんな人がそれぞれのアプローチで詠んでいく。花鳥諷詠でも、象徴の句でも、他の句でもいいのです。見えないリアルの罠から人を自由にする、リアリティのある言葉の魔法を、人は詩と呼んできたのではないでしょうか。

第十二章　旅の目的は詠むこと

歌枕と俳枕

地名の力

ウクライナでの戦争は、戦争のない世の中をつくることの難しさを世界に再認識させました。人類は太古の昔から戦争を繰り返してきています。日本も例外ではありません。大和朝廷のはじまりは神話としてぼやかされていますが、大和朝廷とそれ以外の勢力との間で激しい戦いがあったことは確実です。そして、歌には征服した土地を言霊で支配するという意味があったとも考えられています。

例えば、『古事記』に収録された、倭建《やまとたける》が出雲で出雲建《いずもたける》を欺き、斬り殺した際にはこんな歌が詠まれました。

やつめさす　出雲建《いずもたける》が　佩《は》ける刀　黒葛《つづら》多巻き　さ身無しにあはれ

（出雲建が腰につけていた太刀は、鞘に飾りをたくさんつけていたけれど、刀身がないよ、ああおかしい）　①

倭建は出雲に入った段階で、出雲建と親交を結んでいます。フレンドリーな態度で相手を油断させ、一緒に水浴びした際に「太刀を交換しよう」と用意していた偽の太刀を与え、奪い取った太刀で出雲建を斬り殺した、とされます。このような残酷なふるまいの後に歌を詠むことは、相手の恨みを鎮めるためだったともいわれます。

高橋睦郎は「勝生者が敗死者の怨みを鎮め、その力を自らの力とするのに、はじめはその名を貰う、というより奪っていたのが、のちにはその人の名の由来である土地の名を称え残すように変わっていったことを示しているのではないか[2]」と述べています。

地名の呪術性は、歌枕と呼ばれる名所の成立とも無関係ではないでしょう。歌枕はもともと歌に用いられる歌語、すなわち枕詞、名所、序詞などをくくる言葉でしたが、平安後期以降にもっぱら名所をいうようになりました。

では、平安後期とその前では何が違うのでしょうか。

まず、大和朝廷の支配地域が東北にも拡がったことがあげられます。大和朝廷は「鬼が棲んでいる」「土蜘蛛がいる」といった理由をつけて抵抗勢力を攻撃し、支配地域を広げてきました。平安時代のはじめ、八世紀末から九世紀初期にかけ東北征伐にあたった坂上田村麻呂は、東北に住んでいた人々の土地を奪った侵略者ともいえます。

都の人にとって、東北は神秘的な異郷でした。ほとんどの貴族は一生東北を訪れることがなかったでしょう。しかし、地方の国司や郡司として派遣された人の話を聞いたり、先行する歌などを参考にしたりして、行ったことのない東北の名所を詠みました。

　みやこをばかすみとともにたつしかど秋風ぞふくしらかはのせき　**能因法師**　③

これも実際には訪問しないで詠んだ歌です。しかもこの歌には偽装伝説があります。すなわち、能因法師は「陸奥を訪れた際に詠んだ歌」として発表するために、しばらく姿をくらまし、あたかも旅をしてきたかのように日焼けをしたというのです。『古今著聞集』にあるエピソードで、真偽のほどは定かではありませんが、歌バカだったらしい能因法師の人柄を彷彿とさせます。

歌枕には近畿の地名もあります。例えば

　これやこのゆくも帰るも別れつつしるもしらぬもあふさかの関　**蝉丸**　④

「逢坂の関」という地名は、大和朝廷の初期には魂鎮め。敗者の魂を鎮めるために詠みこむ必要があったでしょう。しかし、平安時代には別離あるいは邂逅をイメージさせる枕詞となっています。

増えにくい俳枕

歌枕のほとんどは古代からの歌の蓄積によって成立したものですが、例外もあります。その代表が西行に関係する歌枕です。

西行は俗名を佐藤義《のり》清《きよ》といいます。武芸にすぐれた北面の武士でしたが、二十三歳で出家し、その後は保元の乱、平治の乱、源平の争乱で政界が揺れる中、日本各地を旅しました。生涯で二回も東北を巡り歩いたのは、当時としては非常に珍しいことだったでしょう。

ねがはくは花の下にて春しなむそのきさらぎのもちづきのころ　**西行**　5

この歌の通りの時期に亡くなった西行は、中世の文学的ヒーローといえます。よって西行が訪れた土地はその後歌枕になりました。

多くのフォロワーがいたことも西行の特徴です。西行のように旅をして、名作をものにしたい。そう考え、西行の歌枕を旅した人はたくさんいましたが、西行のフォロワーとして松尾芭蕉の右に出る人はいません。

芭蕉の旅は、歌枕を実際に確認し、歌枕のイメージと現実との乖離を見極める旅であったという説も最近出ています。連歌の宗祇も西行フォロワーというべき放浪の詩人でしたが、旅と作品とがセットになって、文学として高いレベルを達成したという意味では、宗祇は西行や芭蕉に及びません。芭蕉の場合、西行と同じ歌ではなく俳諧だったことにも、意義があると思います。

西行の訪れた場所が歌枕になったように、芭蕉の訪れた場所は俳枕といわれるようになりました。その俳枕を訪れる人が二一世紀の今も後を絶たないとは、なんという影響力でしょうか。加藤楸邨をはじめ、奥の細道のルートをたどる旅によって芭蕉を理解しようとする俳人もいます。彼らがその旅で詠んだ句は、現代の俳枕の句としてまとめられているほどです。

実は、芭蕉以外で名句を詠んだ場所が俳枕になっている俳人はいません。正岡子規が○○を詠んだ、高濱虚子が○○を詠んだ等、有名俳人のエピソードが伝わり、句碑が立っている場所は日本各地にありますが、それらは俳枕といえるほどの存在ではありません。小林一茶が隠居した場所でさえ、「おくのほそ道」の出羽三山や松島ほどには、俳枕としての強さがないように思われます。

俳壇的には「現代俳枕」といった試みはたくさんあります。有名俳人が名句をものにした場所を、その弟子筋が俳枕として扱おうとしたりもします。その思いは理解できますが、結局は内輪にとどまりがちです。

また、子規をはじめ近現代の俳人多数を輩出し、俳句甲子園の開催地となっている愛媛県松山市を「俳都」といいますが、それは俳枕とは違うでしょう。

俳枕が増えていないことは、今なお芭蕉に並ぶ俳人が世に出現していないことの証といえるかもしれません。

俳枕は強いキーワード

俳枕は読者のイメージを喚起しやすい強いキーワードであるため、季語のかわりになる働きをします。これは有季定型を守る立場からは認められない考えですが、俳枕を入れて季語も入れると、両方とも言葉として強いために一句の中で喧嘩してしまいがちです。芭蕉でも歌枕と季語の両方が入っている句の一部は喧嘩になっていますし、一部は地名が季語に勝ってしまっていると思います。

芭蕉自身もそのことは気になっていたのか、憧れの地に来ていながら地名を詠み込んでいない句も多いです。例えば、月山という地名はあえて「月の山」に変え、次のように詠みました。

雲の峰幾つ崩て月の山　⑥

また、平泉では義経が敗れ、奥州藤原氏が滅んだという歴史を地名であらわにすることを避けました。

夏草や兵《つわもの》どもが夢の跡　⑦

季語の「夏草」をメインに句全体のバランスをとることで、地名がなくても芭蕉がその場で抱いた思いがよく伝わる句となっています。

閑《しずか》さや岩にしみ入蝉の声　⑧

これは立石寺《りっしゃくじ》での句ですが、もし寺の名前が入っていたらどうでしょう。この句では無名であることが閑さを感じさせる要素の一つとなっているのではないでしょうか。

私自身は俳枕がきちっと使われている句であれば、季語は必ずしも必要ではないと考えています。その理由は、土地を中心に詠んだ句は春夏秋冬の句ではなく、雑の句として見るべきだと思うからです。ちなみに和歌では恋、戦争、別離、言葉遊びなどを主題とする作品は雑の部に入れられ、雑の部では季節の言葉はあってもなくても差し支えないとされています。

また、富士のように、地名が季語になっているものもあります。初富士、五月富士、夏富士、赤富士、雪富士など、富士ほど季語の多い地名はないでしょう。富士は地名としての強さも最強だと思います。

心だけでも漂泊を

歌枕、俳枕を訪ねる行為の重さは、現代と江戸時代ではまるで異なります。芭蕉と同じルートを歩いても、命がけの聖地巡礼にも似た「おくのほそ道」の旅にはならないでしょう。現地の様子を見るだけでいいなら、ネットで済ませることも可能です。

それでもなお、俳人の心は漂泊しないといけない、という気が私はしています。漂泊というか、普通ではない視点からも物事を見る目が必要です。今の世の中で俳句をやっている時点で普通ではないのかもしれませんが、どこか外れた感覚を持っていることがとくに俳句では求められます。俳句はいまだに聖と俗を行ったり来たりする側面を持っていて、一つの場所に心が留まってしまうと、それが難しくなってしまいます。

短歌は近代になって個人が自分を詠むという形を重んじるようになりました。しかし、それでは聖性を詠むには、自分が聖なる者になるしかなくなります。神がかるとか、神職になるとかなら、それもありえるのかもしれませんが、普通はそうではありません。

一方、俳句はもともと和歌に比べて卑俗な性格が強かったのですが、同時に短歌よりも短いために神話的な呪力のような力をより重視しました。短さの中で輝くためには、特別な言葉である必要があるのです。その言葉を選び取るために、聖と俗の両方を理解することが俳人には求められています。

また、俳諧は人々が平等な立場で句座を囲むことを実践します。それは身分を捨てるということでもあって、俗世間を離れる行為ともいえます。身分制度が厳しかった江戸時代でも、武士、医者、商人、女性などが一緒に句座を囲みました。茶の湯もそうですが、身分を越えることで人は聖と俗の間、この世であってこの世じゃないような場に身を置くことができるのです。しかし、句にするのはこの世のことばかり。そんな大きな矛盾があるのが俳句です。

季語に代表されるキーワードとなる言葉のイメージ喚起力は、人の心を瞬時に動かす、あるいは瞬殺できる聖なる力です。それほどに切れ味の鋭い言葉を扱う人間は、聖俗、不易流行、虚実、定住漂泊といった要素のどちらかに偏るのではなく、両方を持っているべきだと私は思います。

第十三章　お花畑に生きてませんし

労働と生活の短歌・俳句

啄木の「食《くら》ふべき詩」

現代の日本に短歌や俳句を作る人がそれぞれ何十万人もいるのは、現代社会の豊かさのあらわれでもあります。『万葉集』の時代から日本では広い層の人々が歌を詠んできた、という言われ方がされていますが、奈良時代に自分で創作し、文字で書き残すことができる層は限られていました。時代が下って明治時代でも地域や家柄によって教育レベルには差があり、徴兵検査の記録によると明治三〇年代では全体の約半数が尋常小学校卒業レベルに達していません。しかし、明治四三（一九一〇）年にはそれが一五・六％にまで下がります。[1] 教育の普及が進んだおかげです。

明治の教育普及には、石川啄木も代用教員として関わっています。啄木は学生ストライキ騒動に関係して旧制盛岡中学を退学させられ、上京して学問を続けようとしましたが経済的に難しく、地元で小学校の先生になりました。たった一年でしたが、子どもに人気のある先生だったといいます。その間に二十歳の若さで与謝野鉄幹・晶子夫妻の結社「新詩社」で詩人としてデビューし、森鷗外に絶賛されています。

教員を辞めてからは北海道での新聞記者生活を経て、作家になるべく上京するも評価を得られず、朝日新聞の校正職に就きます。妻子と実母と同居の東京生活から生み出されたのが、次のような作品でした。

はたらけど
はたらけど猶《なほ》わが生活《くらし》楽《らく》にならざり
ぢつと手《て》を見《み》る

友《とも》がみなわれよりえらく見《み》ゆる日《ひ》よ
花《はな》を買ひ來《き》て
妻《つま》としたしむ

ふるさとの訛《なまり》なつかし
停車場《ていしゃば》の人《ひと》ごみの中《なか》に
そを聴《き》きにゆく

②

浪漫主義の年少詩人だった啄木が、このような平易な口語で生活の感情をあらわに表現するようになった背景は、経済的な困窮や家族との葛藤、自身の才能に対する失望といった個人的なものだけではありません。当時流行の自然主義文学の研究と批判、明治四三（一九一〇）年には、社会主義者の幸徳秋水が天皇暗殺計画の疑いで検挙された幸徳事件をきっかけに社会主義に接近していたことなどと関係がありました。大きくいえば、時代が啄木を変えたといえます。

　当時の啄木は、日本に必要なのは「両足を地面《ぢべた》に喰付けてゐて歌ふ詩といふ事である。実人生と何等の間隔なき心持を以て歌ふ詩といふ事である。珍味乃至《ないし》は御馳走ではなく、我々の日常の食事の香の物の如く、然《しか》く我々に「必要」な詩といふ事である[3]」とも述べています。

　啄木は歌集『一握の砂』を刊行し、短歌での活躍を期待されながら、明治四五（一九一二）年、二十六歳の若さで病没。没後に刊行された『悲しき玩具（一握の砂以後）』には、定型から外れた作品や、「！」を使用した作品が散見します。

途中《とちゅう》にてふと気《き》が変《かわ》り、
つとめ先《さき》を休《やす》みて、今日《きょう》も、
河岸《かし》をさまよへり。

本《ほん》を買《か》ひたし、本《ほん》を買《か》ひたしと、
あてつけのつもりではなけれど、
妻《つま》に言《い》ひてみる。

旅《たび》を思《おも》ふ夫《おっと》の心！
叱《しか》り、泣《な》く、妻子《つまこ》の心《こころ》——
朝《あさ》の食卓《しょくたく》！

4

『悲しき玩具』は啄木の三行書きに影響を与えた土岐善麿（当時の号は土岐哀果）が編集を行ったため、句読点など啄木の意図とは違う部分もあるといわれます。ただし、生前の啄木が定型にこだわる必要性を認めていなかったのは、次の文章からも明らかです。

我々は他《ひと》の為に生きてゐるのではない、我々自身の為に生きてゐるのだ。たとへば歌にしてもさうである。〈略〉三十一文字といふ制限が不便な場合にはどしどし字あまりもやるべきである。又歌ふべき内容にしても、これは歌らしくないとか歌にならないとかいふ勝手な拘束《こうそく》を罷《や》めてしまつて、何に限らず歌ひたいと思つた事は自由に歌へば可い。かうしてさへ行けば、忙しい生活の間に心に浮んでは消えてゆく刹那《せつな》々々《せつな》の感じを愛惜《あいせき》する心が人間にある限り、歌といふものは滅びない。 5

啄木はこのような考え方に基づいて土岐と雑誌を始める計画を立てていました。啄木の死の翌年、土岐はその計画を引き継ぐ形で、西村陽吉らと文芸誌『生活と芸術』を創刊します。この雑誌の名前から、啄木は「生活派歌人」とも呼ばれます。

花も恋も詠まなかったプロレタリア短歌

啄木の死から十年後の大正一一（一九二二）年、世界初の社会主義国家、ソビエト連邦（ソ連）が成立します。ソ連の土台となった思想、共産主義においては資本家による利益追求は否定され、資本を持たない労働者、プロレタリアが政治権力を握るべきであるとされます。そのため既存の政府は共産主義を危険思想とみなしましたが、劣悪な環境で働いていた工場労働者や建設労働者、地主に苦しめられていた小作農、そして彼らに同情する知識層などには、共産主義に大きな期待を寄せる人々が少なくありませんでした。

共産主義は日本の文学にも影響を与え、一九二〇年代中頃から一九三〇年はじめにかけて、葉山嘉樹『海に生くる人々』、小林多喜二『蟹工船』など労働者を描く作家が活躍し、「プロレタリア文学」と呼ばれました。短歌でも同様の動きがあり、「プロレタリア短歌」が作られていきます。

プロレタリア短歌は一般的な近代短歌と様々な点で異なっていました。第一に、プロレタリアの短歌は「プロレタリアの武器」であるといわれ、社会主義社会の実現を目指して創作されました。そこで、一般的な短歌の題材である自然の美しさや恋愛などは詠まれず、労働の苦労、下層社会の実情、資本家の搾取などが題材とされました。第二に、大衆の生活真情を率直に表現するために、使う言葉はプロレタリアの言葉である口語に限定されました。

その実例をいくつか見ていきましょう。

昨日も今日も芋粥ばかりだ過労と栄養不良に冬を越す——小作百姓。　**井上義男**

娘の賃金が一家の暮しを背負つてる美談だらけだ俺等の村は　**佐々木妙二**

あぶれた仲間が今日もうづくまつてゐる永代橋は頑固《がんこ》に出来てゐら　**坪野哲久**

霙の日だ又してもダイナマイトに傷《や》られたと云ふ鉱夫が町へ担《かつ》がれて行く

佐藤栄吉　6

一首目、二首目は貧しい農民の歌です。昭和初期は不作が続き、もともと豊かではない小作農はいっそう苦しめられました。二首目は、娘が『女工哀史』（細井和喜蔵）で描かれたような工場で働き、家を支えることを「美談」として語る、日本社会の醜さを憤る歌です。

三首目は東京の日雇い労働者を描いています。関東大震災後に鉄橋に替えられた永代橋は強い（現存。国の重要文化財）のに対し、日雇い労働者は弱く、震災復興事業が落ち着いたら仕事に「あぶれ」る人が増えました。

四首目は鉱山労働が題材です。鉱山労働は危険な仕事であるうえ、この時代には労働者を取りまとめる者に賃金を搾取される仕組みが残っていました。

「プロレタリアの武器」としての短歌なので、労働者の生活を詠んだ作品では読者の心に共感や同情、資本家への怒りや反発を引き起こすことが重要でした。そのため組合の集会や戦う仲間との友情なども積極的に詠まれました。

両国《りょうごく》橋をわたれば我等の会場だ薄暮の街にわきあがる歌　　前川佐美雄

第十三章　お花畑に生きてませんし

俺たちの生活《くらし》のやうにどすぐろい隅田の河ださかさに流せ！

集會の夜のかへり興奮して流るる鼻血をおれはぬぐふ　坪野哲久

背広に中折がよちよち動かす電車のうしろから俺達あどつと喚声をあげたよ　渡邊順三 [7][8]

一～三首目は集会、四首目はストライキの短歌です。運転手が罷業中のため「背広に中折」の管理職が電車を動かしているのですが、ふだん運転しないので「よちよち」になっています。

プロレタリア短歌の運動がもっともさかんだったのはプロレタリア歌人同盟が結成された昭和四（一九二九）年から翌年とされます。プロレタリア短歌運動が長く続かなかった理由の一つは、短歌性の問題です。プロレタリア歌人は既存の短歌は封建的な遺物ととらえていたことから、自由律の口語で作品を作りました。

石川啄木は「仮に現在の三十一文字が四十一文字になり、五十一文字になるにしても、兎に角歌といふものは滅びない[9]」とも書いていましたが、そのくらいの長さになると、自由詩との違いがわかりにくくなります。

足取りが鈍いのは、明日の世の担ひ手の子供を抱いてゐるからだ女達をおいて行
くな

五島美代子 10

右の作品は、運動が男性中心で進んでいくことを憂うもので、現代にも通じる視点を持っています。作者の五島美代子は知識層で、左翼の言葉でいえばインテリゲンチャです。労働者に心を寄せプロレタリア同盟に参加しましたが、数か月で脱会し、夫婦での渡欧を経て文語・定型の短歌で歌壇に復帰しました。

昭和七（一九三二）年、プロレタリア歌人同盟は短歌であることを自ら否定し、プロレタリア詩人会に合同します。しかし、この前年の満州事変の影響で文化弾圧が厳しくなり、活動の継続は困難になりました。

逮捕、急死、
急死、急死、急死。
ああ、それが何を意味するかは
いふまでもない。

矢代東村 11

右はプロレタリア歌人同盟解散後の昭和八（一九三三）年に発表された詩で、当時の苛烈な弾圧の状況を伝えます。この年、小林多喜二も逮捕・拷問により死亡しましたが、報道では「急死」とされました。こうした政府の迫害も、プロレタリア短歌が衰退した大きな理由でした。

プロレタリア短歌は当時から芸術性が低いといった批判を浴びてきました。しかし、プロレタリア短歌はほとんどの歌人が向き合ってこなかった労働者の心情やストライキの実情を描いて、短歌の題材を広げました。また労働者の口語で短歌を詠むという試みも、その後の口語短歌に少なからぬ影響を与えています。

自由律俳句からのプロレタリア俳句

俳句においても、大正時代から昭和初期にかけて、階級意識が鮮明な作品が作られています。啄木の流れをくむ雑誌『生活と芸術』に寄稿していた社会主義者、堺利彦がつくった雑誌『へちまの花』『新社会』に「生活俳句」の欄が設けられ、労働者や農民などの視点からの俳句が掲載されていたのはその早い例です。堺利彦自身も俳句を好み、明治四一（一九〇八）年の社会主義者弾圧事件での入獄中に次のような句を作ったことが「獄中生活」に記されています。

隣室の鼾《いびき》に和して蛙《かわず》鳴く
行春を牢の窓より惜しみけり
夕ざれば監房《かんぼう》毎《ごと》の放屁《ほうひ》かな

12

昭和初期のプロレタリア俳句の担い手の多くは、はじめ荻原井泉水主宰の自由律俳句雑誌『層雲』を拠り所としていました。しかし、尾崎放哉、種田山頭火などを輩出した『層雲』自体はとくに社会主義思想と関わりは持っていません。栗林一石路が昭和四（一九二九）年、次のような俳句を収録した句集『シャツと雑草』（大象社）を刊行すると、『層雲』誌上で批判の声があがりました。

シャツ雑草にぶつかけておく
屋根屋根の夕焼くるあすも仕事がない
仕事がない晝寝のからだおこされた
なにもかも月がひんまがつてけるかな

栗林一石路

13

第十三章　お花畑に生きてませんし

このようなプロレタリア意識の顕著な句に、無季の自由律俳句の総本山ともいえる『層雲』でも意見が分かれ、「俳句とスローガンは別個の存在であらねばならぬ[14]」という批判も、「一体『プロ俳句即スローガン』と定義づけた者がプロ俳句主義者の中に在つたか[15]」という擁護論もありました。

この頃、保守派の俳壇は階級意識や思想性を詠みこむことを禁止するようになります。資本家、労働者といった階級意識からではない、ただの人間としての句を詠むべきであるというのが保守派の主張でした。しかし、次のような句になると、ただの人間の生活を描写した句として読むこともできるのではないでしょうか。

働くよろこびがあつたさむい火が燃えてゐた
故郷の冬へおくる金がない大きい日ぐれの国旗であつた
きびしい荷揚の荷に頬ずり冬の汗して投票に行かない人ら
橋本夢道[16]

次の句はプロレタリア俳句ではありませんが、題材自体はプロレタリア俳句の反戦句と変わりません。

戦傷兵外套の腕を垂らしたり

加藤楸邨

17

昭和六（一九三一）年、「層雲」系の作家が中心となり、政治性を前面に打ち出したプロレタリア俳句』を創刊しますが、創刊と同時に発禁となります。その後、定型派のプロレタリア俳句雑誌「俳句研究」と合体し「俳句の友」を創刊。しかし、これも昭和七（一九三二）年に終刊しました。

　プロレタリア俳句の衰退の主な理由は、プロレタリア短歌とほぼ同じく、政府の弾圧、俳句の否定でした。プロレタリアの詩人からは、俳句は短歌と同じく封建時代の遺物であり、プロレタリアの思想を盛るのに不適切であり、詩運動に吸収されるべきだという声があり、それに従う俳人もあったわけです。

　しかし、一石路、夢道ら「層雲」系の俳人は自由律俳句をあきらめず、昭和九（一九三四）年に「俳句生活」を創刊。新興俳句でもリアリズム論がさかんな時期で、これらの俳人の中には全体主義やその後の日中戦争への批判を句作に結び付けようとする人があり、官憲から目をつけられるようになります。昭和一六（一九四一）年に「京大俳句」などとともに「俳句生活」も弾圧を受け、廃刊となりました。

戦後、プロレタリア俳句の流れをくむ俳人たちが中心となって、新俳句人連盟を設立します。その後俳句と政治性の問題から分裂して現代俳句協会が、さらに有季定型派が分かれて俳人協会が作られるのですが、この間に桑原武夫の「第二芸術論」があり（詳細は十八章）、詩人の小野十三郎が七五調を「奴隷の韻律」と呼んで俳壇・歌壇を騒然とさせました。そんな中、昭和二十年代後半以降、社会主義者ではない俳人も含め、社会的な要素を含んだ「社会性俳句」が増えていきます。戦争中、季語になっているような自然の美が戦火に蹂躙される様子を目撃し、戦争を遂行するのは人間であると体験的に認識したことは、第二芸術論以上に影響があったかもしれません。

いくさよあるな麦生《むぎふ》に金貨天降《あまふ》るとも　**中村草田男**

18

第十四章

恋しても、恋しなくても詠む恋というもの

恋歌と恋句

古代の相聞は男同士や親子なども

恋愛は古今東西の詩歌において重要なテーマであり、日本でも古代から多くの恋愛の歌が作られてきました。しかし、今に伝わる最古の和歌集『万葉集』には恋の部はなく、雑《ぞう》歌《か》・相聞《そうもん》・挽歌の三部門に大別されます。

現在では恋愛の歌を相聞歌ともいいますが、もとは互いの様子を尋ね合う書簡を意味する漢語で、『万葉集』の相聞の部には主に個人間でやりとりされた歌が収録されています。その多くはやはり恋愛に関する歌ですが、恋愛一色というわけではありません。

きみがため　かみしまちざけ　やすののに　ひとりやのまむ　ともなしにして

大伴旅人

1

（君のために醸した接待用の酒を大宰府の夜須の野でひとりで飲むだろうか。友もなしで）

第十四章　恋しても、恋しなくても詠む恋というもの

詞書によると、酒好きの万葉歌人として知られる大伴旅人が太宰帥《だざいのそち》（大宰府長官。九州の防衛・外交のトップ）だった時代に、異動する部下に贈った歌とのこと。「かむ」が現代の醸すを意味するのは、米を噛んで吐き出して酒を造ったことによります。新海誠監督の映画『君の名は。』で主人公の少女が神事でそれを行っていましたが、大伴旅人の時代はすでに麹菌で発酵させる手法が伝わり、噛まなくなっていたとされます。それでも酒は貴重なものでした。

歌人俳人ならずとも、令和の時代を生きる日本人として大伴旅人の名はぜひ覚えておいてほしいと思います。というのも、令和という元号の由来は、彼が開催した宴会に由来するのです。すなわち天平二（七三〇）年、大宰府の自邸で催した観梅の宴で詠まれた「梅花の歌三十二首」序文の、「時に、初春の令月にして、気淑《よ》く風和《やわら》ぐ[2]（原漢文）」から二文字がピックアップされて「令和」となったのでした。大伴旅人が酒好き、宴会好きでなかったら「令和」という元号は存在しません。

宴会のオーガナイザーである大伴旅人の人望は、彼が同年十一月栄転により大宰府を離れた後、梅花の宴の参加者だった筑後守（筑後の長官）に詠まれた歌にしのばれます。

いまよりは　きのやまみちは　さぶしけむ　わがかよはむと　おもひしものを

（今からは久留米から大宰府に行く山道は寂しく思われるだろう。私はそこ通おうと思っていたのだが）

葛井連大成《ふじいのおおなり》 3

『万葉集』の相聞の歌にはこうした男同士でやりとりした歌のほか、旅行中の母が留守宅の娘のために詠んだ歌、父が息子に意見する歌なども含まれます。その幅の広さは日本人の「恋う」対象の広さを示しています。現代でも「母を恋う」「子を恋う」といった表現は、日常では言わないものの、失われているわけではありません。「恋する」と「恋う」は似て非なるものといえるでしょう。

歌垣は「性の解放」ではなかった？

『万葉集』の恋愛の歌の中には、関東の歌垣で歌われた東歌が含まれます。歌垣とは、例えば小学館『日本国語大辞典』においては、「(1) 古代、男女が山や市《いち》などに集まって飲食や舞踏をしたり、掛け合いで歌を歌ったりして性的解放を行なったもの。元来、農耕予祝儀礼の一環で、求婚の場の一つでもあった。のちに遊楽化してくる。かがい。(2)

（のちに（1）が宮廷など貴族にとり入れられて）一群の男女が相唱和する、一種の風流遊芸。」と説明されています。

古代の日本ではフリーセックスのパーティのようなものが行われていたような印象を受けますが、最近の研究では、アジアの照葉樹林文化圏の少数民族の間で近年まで行われていた歌垣の実態から、（1）の「性的解放を行なった」という点は強く疑われています。実際に行われていたのは配偶者や恋人を得るという目的のもと、一定のきまりに従って男女が対等な立場で真剣に歌を掛け合う行事だったといいます。また（2）についても、他の大陸の歌舞などの影響も受けているのではないか、といわれています。

さらに、東歌が本当に歌垣で歌われたのかという点にも疑問符がついています。疑われる理由は、五七五七七に形が整いすぎていることなどです。中央から関東に赴任した役人が、地域で歌われている様々な歌を記録し、整理する中で短歌の形に整えられたのではないか、といわれます。

いずれにしろ日本には文字を持たなかったとされる時代から恋愛の歌の文化があり、大陸の文字文化と出会い、国としての体裁を整えていった一方で、無文字であったとされる時代から行っていた恋愛の歌を詠み合う文化を残してきたことは間違いないようです。

恋の歌はフィクションの歌も多い

古代から歌人には様々な恋愛の逸話が伝えられていますが、和歌に詠まれた恋愛は実体験に即したものとは限りません。題詠、つまり与えられたテーマに即して、フィクションで詠んだものも含まれているようです。

平安期以降、和歌では題詠がさかんに行われていて、恋に関する題には、待つ恋（恋しい人を待つ）、聞く恋（噂を聞いて恋い慕う）、忍ぶ恋、恨む恋、別るる恋などがあります。あらゆるタイプの恋を経験している歌人でも、題に合わせて多少フィクションを交えていたことでしょう。そもそも近代以前の文芸にノンフィクションでなければならないという縛りは存在しませんでした。

しかし、近代以降、十一章で取り上げた「私性」という概念が短歌で支配的になり、短歌はリアルな「私」の経験を詠むものとみなされるようになります。これによって、恋愛の歌は主に実際に恋愛をしている人やパートナーがいる人が詠むものとなりました。

その結果、恋愛に関する倫理観が歌の評価に影響するに至ります。時代の倫理観から外れた恋愛を詠んだ歌は歌としてすぐれていても倫理的に非難される可能性が高いためか、現代では既婚者の歌人はあまりおおっぴらに恋愛の歌を詠みません（例外あり）。

恋愛の歌を避ける傾向がもっとも顕著なのが天皇をはじめとする皇族です。『万葉集』の時代はもちろん、平安以降から近世に至るまで、天皇や天皇を退いた上皇は、空想を含む、様々な恋愛の歌を披露していました。

わすらるる身をしる袖のむら雨につれなく山の月はいでけり　後鳥羽院

(忘れられてしまう自身を知り、ざっと降って止む雨のように涙をこぼしている袖に、無情にも出てきた山の月が映り、さらに悲しい)

④

源平合戦の時代に生まれた後鳥羽上皇は、政治的には鎌倉幕府と敵対し、承久の乱で敗れましたが、文学的には『新古今和歌集』の編纂を命じ、和歌の最盛期を導いた人物といえます。歌人としても大変優秀で、「寄雨恋」の題で、右の作品を女性の視点で詠んでいます。近代以降、「私性」の概念が宮中に浸透し、また、敗戦以降、皇室皇族の生活が赤裸々に報道されるようになり、現在、このような歌を皇室皇族が詠むことはおそらく許されないでしょう。

俳句は恋に向かないのか、彼らが恋に向かなかったのか

現代でも多くの恋愛の歌が作られている一方で、俳人は江戸時代から歌人ほど恋を詠みません。恋愛で人間が感じることはわりと似ていて、わずか十七文字で個性的に恋愛を詠むのが難しいためではないかと私は思っています。

ただし、恋の句が全然作られていないわけでもありません。とくに俳諧（ここでは連句と同じ）には恋の座といって、恋の句を詠むべき順番が回ってきます。俳諧の中でも恋の句は重要とされています。なお、俳諧においては恋の句は無季（雑）であるのが一般的です。

一例として、芭蕉門下の付合いを『炭俵』収録の歌仙「振売の」巻から引用します。

明白む籠挑灯を吹消して　　孤屋
　肩癖に貼る湯屋の膏薬　　利牛
上置きの干葉草刻も上の空　　野坡
　馬に出ぬ日は内で恋する　　芭蕉

5

俳諧では句と句が直接的につながっているわけではなく、飛躍しながら展開していきます。右の例では提燈を吹き消した駕籠かきは、仕事を終えて銭湯に行き、湯上りには肩こりの薬を貼っています。肩こりの薬は自分で貼る場合もありますが、どうやら妻であるようです。それというのも次の句が、「上をき」（ご飯などにのせるおかず）を刻む人物を詠んでいるためです。この人物が「うはの空」である理由は、次の句によって明らかになります。「家で恋する」とはつまり、家で夫婦和合の営みを楽しむということです。連句の恋の句は、性的なことも露骨には表現せず、軽めに詠みます。

なお、この四句の間に人物の職業が駕籠かきから馬で荷物を運ぶ馬子に変わっていきますが、それは問題ありません。俳諧では前の句からの連想で場面を展開させていくところに面白みがあり、登場人物もそれにつれて変わっていくのです。

俳諧では恋の句が欠かせない一方で、連句において一座の雰囲気を決める性格を持つ発句が恋の句であることはまずありません。

俳聖と呼ばれた芭蕉は、恋の句の名手でした。女性を想定した恋の句は紋切り型なのですが、好みの男性を想定した恋の句は気合が入っていて、とくに、衆道の相手であった杜国を想定した恋の句には強い熱情が感じられます。次の句は杜国を白芥子の花に、芭蕉自身を蝶に喩え、自分の翅をもいで形見に置いてゆく、という句意です。中国の古典「荘子」に出てくる胡蝶の夢の逸話が背景にありますが、自分が蝶なのは夢か現かもはやわからない世界で、白芥子（杜国）に忘れられないためには命（翅）を喜んで捧げる、という情熱的な恋心です。

白芥子に羽もぐ蝶の形見哉　**芭蕉**　⑥

偉大な俳人でありながら恋愛の記録がほとんどないのは、正岡子規です。若くして病気になり、早世したために結婚ができなかったのは仕方がないとして、本人は何も書かず、友人にも書かれませんでした。

そんな子規にさえ恋の句がないわけではありません。

くるしさや恋の下萌ほの緑　**正岡子規**　⑦

「下萌」（芽生えのこと）という和歌の言葉で、初恋を表現しています。初恋のくるしさを詠んだ句としてわかりやすいとはいえ、わかりやすさが句の良し悪しを決めるわけではなく、下萌の色を付け加えただけで、句としてはあまりよい出来だと思えません。

二十世紀のスーパー愛妻句

何度もくどいようですが、俳句にも恋愛を題材としたすぐれた作品がないわけではありません。その証拠として昭和の恋の俳句を少々あげておきましょう。

呪ふ人は好きな人なり花芙蓉　　長谷川かな女
枯野路に影かさなりて別れけり　　杉田久女
霜夜てふ言葉のありて恋しけれ　　細見綾子
林檎の木ゆさぶりやまず逢いたきとき　　寺山修司
君嫁けり遠き一つの訃に似たり　　高柳重信

8 9 10 11 12

こうした切なく、さびしい恋の俳句の対極に、あるいは別の次元に、中村草田男の愛妻句があります。現代においては、配偶者に対する愛はどれだけおおっぴらに詠んでも倫理的に非難されることがない、安全な題材といえます。しかし、中村草田男が愛妻句を詠み始めた昭和初期には妻への愛を詠むことは「のろけ」と見なされ、馬鹿にされるおそれがあったでしょう。そんな時代に次のような愛妻句を詠んだのは、とても勇気がある行為ともいえます。

八ツ手咲け若き妻ある愉しさに
虹に謝す妻よりほかに女知らず
妻抱かな春昼の砂利踏みて帰る
空は太初の青さ妻より林檎うく

中村草田男

13

初句は、まさにのろけ。八ツ手の都合をまるで無視しているところがいっそ清々しい句です。ちなみに中村草田男は病気で休学を繰り返したこともあって、三十代前半で大学卒業、就職を実現し、三十五歳で十二歳年下の女性と結婚しました。

二句目は、結婚まで女性を知らないでいた自分を肯定する句です。人生のすべてを「虹」に抽象化し、感謝を捧げています。当時の社会は男性が性欲を金で処理することを許していましたから、その常識を否定する挑戦的な句でもあります。

三句目は「妻抱かな」という唐突な始まり方がショッキングです。職場への往復に砂利道を歩くようなホワイトカラーの日常にも、獣のような切迫した性欲が隠れていることに読者は気づかされます。

四句目は戦後すぐの時期の句といいます。世相が激変しても、家にいればエデンの園にいるような、根源的な幸福を感じることができたのでしょう。

愛妻句においては、橋本夢道の無季句も草田男に負けないレベルのインパクトがあります。

妻よおまえはなぜこんなにかわいいんだろうね　**橋本夢道**
無礼なる妻よ毎日馬鹿げたものを食わしむ
精虫四万の妻の子宮へ浮游する夜をみつめていた
妻よ五十年吾と面白かつたと言いなさい [14][15]

初句は非常に有名な句です。誰でも思いつきそうな言葉をそのまま句に仕立てたところが、自由律無季句の作家としての非凡さを示しています。「妻よ」と文語で始まり、「かわいいんだろうね」と口語でグタグタ終わるところに、メロメロな感じがよく表現されていて、上手いというほかありません。

二句目は戦中戦後の食糧難を怒っている句で、妻に「無礼」というのはひもじい生活におけるせめてものユーモアなのです。「あれを混ぜこれを混ぜ飢餓食造る妻天才」という句もあります。

四句目は老境に至っての句。「言いなさい」がユーモアになるのは夢道の俳風のすばらしさ。人によってはこんなことを言ったら脅迫じみてしまうでしょう。

草田男と夢道は俳人としては全然タイプが違いますが、二人の超愛妻句は高度なテクニックと個人としての強い意志、社会や時代に流されない愛への信頼において共通しています。「ただののろけじゃん」と一笑に付すことができない、尊いものを感じさせるのはそのためです。

平成以降の恋の句

昭和の終わり、短歌の世界では俵万智の『サラダ記念日』が華々しく登場し、新しい女性の恋の歌としてベストセラーになりました。それを追うように俳句の世界でも、次のようなその時代の若者らしい恋の句が注目を集めました。

兄以上恋人未満掻氷　**黛まどか**

16

当時はまだ俳句甲子園もなく、俳句は短歌よりも高齢化が顕著であったため、若い女性俳人の登場はメディア的に大歓迎されました。

平成の恋の俳句は、昭和の恋の俳句のドロドロした情念や苦しいまでの切なさから少し自由になったのが特徴的です。

初恋のあとの永生き春満月　**池田澄子** 17
恋文の起承転転さくらんぼ 18

池田澄子は一九三六年生まれで、世代的には昭和の人ですが、俳句を始めたのは三十代後半からで、世に広く知られる存在になったのは平成に入ってから。俳句は平成的な浮遊感があり、現在の二十～四十代にとても人気のある俳人の一人です。

花菜畑ざぶんと人を好きになる　**鎌倉佐弓**
夜も回る水車会いたい人がいる 19

鎌倉佐弓も、一九五三年生まれなので昭和世代ですが、「ざぶんと好きになる」ような明るさに、昭和の切ない恋の俳句とはひと味ちがう清新さがあります。鎌倉佐弓は、〈ポストまで歩けば二分走れば春〉が教科書に使われていて、若い世代では俳句ファン以外にも名前が知られています。

手花火の柳が好きでそれつきり
道なりに来なさい月の川なりに
わが恋は芒のほかに告げざりし　　**恩田侑布子**

20
21

俳句でファンタジーのような世界をつくりあげる恩田侑布子は、恋の句の語り口も独特です。初句は「それつきり」と短い童話のように終わり、二句目は精霊のように命令を下しています。三句目は比較的普通の女性っぽい句ですが、あまり擬人化されることのない「芒」が擬人化され、特殊な空気感を醸し出しています。

これらの平成の個性の際立つ恋のほかに、よりシンプルな恋の句が若い世代では流行しています。

柚子の花君に目があり見開かれ　　**佐藤文香**

手紙即愛の時代の燕かな
ゆず湯の柚子つついて恋を今している
逢うと抱きたし冬の林檎に蜜多し

越智友亮

22
23

こうした恋の句はわかりやすく、口誦性もあるので、J-POPなどと親和性が高そうです。メディアにおける商品価値も十分あるでしょう。

ただし、恋を表現する言葉の豊かさにおいては短歌のほうに分がありそうで、恋愛が身近な若い世代においては、俳句ファンよりも短歌ファンのほうが多いかもしれません。実際、若手の俳人の句集よりも、若手の歌人の歌集のほうが売れているようです。

第十五章

ジェンダー的な

短歌と俳句の性と性別

選ぶのは主に男性!?

『万葉集』の時代から女性たちも歌を詠んでおり、平安時代に女流歌人が活躍したことは誰もがご存じの通りです。ただし、記録に残る作品は男性が作ったもののほうが多く、歌に関して男女の機会平等が実現していたとはいえないでしょう。

中世の連歌になると女性の記録がさらに少なくなります。十五世紀の『新撰菟玖波集』に作品が収録された女性は、わずか三人のみ。三人とも身分が高く、一人は足利義政の正妻、日野冨子（富子）であることから、よほどの女性でなければ参加しにくいものだったようです。その理由については、連歌の会は酒で乱れやすいものだった、連歌の会は男性同士が結束を高める場とされていた等の推測がなされています[1]。

連歌に続く俳諧も男性中心でしたが、連歌よりは女性に門戸が開かれていたようで、全国各地に女性俳諧師の句が残されています[2]。

『万葉集』から江戸の俳諧までの期間、記録に残るような会の選者や勅撰集の編集者は男性がつとめていました。つまり、歌の良し悪しを決めたのは男性で、小野小町がどんなにすばらしい歌を詠んでも男性に評価されなければ世に残らなかったということです。

ところが近代になると与謝野晶子のように男性とともに選者をつとめる女性が登場します。また、俳句では高濱虚子が今でいえば女性活躍、主に才能豊かな次女・星野立子の活躍を推進しました。虚子のすすめにより、立子は昭和五（一九三〇）年、初の女性主宰の俳句結社誌「玉藻」を創刊しています。

戦後になると歌壇、俳壇もともに女性作家待望論が高まり、様々な女性作家にスポットライトが当てられました。しかし、戦後も長く公的な選者は男性がほとんどでした。例えば戦後の歌会始で最初に女性が選者に選ばれたのは、四賀光子（太田水穂の妻）が最初で、その前には斎藤茂吉や佐佐木信綱ら十二人の男性がいました。

現在は大きな賞の選考委員で女性がゼロということは、ほとんどありません。男性中心だった歌会始ですら、現在は五人の選者のうち一人は女性を入れるようになってきています。しかし、選考委員などで女性のほうが多いことはめったにありません。二〇二三年一月、角川財団の大きな賞の選考委員は、角川短歌賞が四名中の二名、角川俳句賞は四名中一名が女性でした。全国紙では、朝日新聞が短歌・俳句ともに女性は四名中一名、読売新聞と毎日新聞は短歌・俳句ともに四名中二名です。

ちなみに、俳句人口も短歌人口も、女性が男性を上回っています。もともとはどちらも男性のほうが多く、バブル期にはもう逆転していたといわれています。つまり、三十年以上俳句人口は女性のほうが多いのです。ここ二十年くらいは新人賞受賞者の男女比もそれほど変わりません。それでも今なお選者に男性が多いのはなぜなのか。結社や団体などの組織の中で女性がトップになりづらいということもあると思います。女性の主宰や代表を増えてきていますが、とくに地方では、ガラスの天井がある話を仄聞します。おそらく企業と同じように、「女性が役職をやりたがらない」という理由をあげる人もいるでしょうが、なぜそうなのか、さらに理由を考え、できるように助けていくべきであるのは、一般社会と同様ではないかと思います。

歌は女性のたしなみ!?

公的な選者は男性でも、女性に歌を教える女性は古くから存在しました。江戸時代には寺子屋で女性の先生（先生の妻である場合も）が、少女に百人一首を教材に習字を教えるなどしていたようです。そもそも江戸時代まで歌の知識は基本的な教養であり、武家の奉公にも歌の知識がないと不都合があったでしょう。江戸時代の女性のための生活百科、

『女重宝記』（一六九二年）には「女中たしなみてよき芸」に「歌よむ事　歌学する事」が裁縫よりも先にあげられています。[3]

女性の先生には、歌だけでなく、女性として正しい生き方を教えることも期待されていました。その点で、明治天皇皇后の歌の先生、税《さい》所《しょ》敦《あつ》子《こ》はパーフェクトなお手本でした。

文政八（一八二五）年、京の公家侍で歌人でもあった林篤国の娘として生まれた税所敦子は、幼少期から文才で注目され、歌会で知り合った薩摩藩士税所篤之と十九歳で結婚しました。夫の病没後は一人娘を連れて（呼ばれていなかったのに）薩摩の夫の実家へ赴きます。薩摩では嫁いびりに耐えて姑の信頼を得、先妻の子を大切に育て、和歌を教えて生計を助けました。やがて薩摩の島津家に取り立てられた敦子は、お姫さまの嫁入りに従って帰京。京で和歌を教えていると、生徒の一人が明治天皇の皇后となり、その縁で明治八（一八七五）年から晩年まで宮中で忠勤、という人生を送りました。

たらちねの親のいまさで嬉しきはこの苦しきを見せぬなりけり　　税所敦子 [4]

右は、子連れで薩摩にくだる道中記に記された、大先輩の女性歌人、大田垣蓮月に送った歌です。「親が亡くなっていて、この苦しさを見せなくてうれしい」と、つらさを嘆くのではなく、亡き親への思いを歌っているのが、さすが孝女です。宮中でもいじめに負けず、周囲の人々に尊敬された敦子は、小学校の修身（現・道徳）の教科書の題材にもなりました。

明治三八（一九〇五）年、日本画家の上村松園は息子の通う小学校からの依頼で「税所敦子孝養図」を描きます。松園は「至高至純の美しい心根[5]」に涙しながら描いたとのことです。

しかし、親孝行は基本的に良いものではあるものの、税所敦子のレベルのものを女性だけに要求するのは、今の感覚では、酷い性役割の押し付けであり、ハラスメントです。その上、嫁いびりやいじめを含む、公私の様々なハラスメントや暴力に耐えることを美徳とするような考えに、私は賛同できません。

実は、明治三十年代後半の人々はすでに親孝行よりも熱い恋を選ぶ女性の歌に出会っていました。

近代の女性歌人たち

与謝野晶子は明治一一（一八七八）年生まれ。マスメディアが育ちつつある社会に育った、近代の女性です。女学校時代に『源氏物語』に出会い、樋口一葉や尾崎紅葉などの小説を読み、与謝野鉄幹の雑誌『明星』に投稿して注目されるという歩みも近代的といえます。

晶子と妻子ある師、鉄幹との恋愛から生まれた歌の数々を、鉄幹が編輯して世に出た『みだれ髪』（一九〇一年）は、非難ゴウゴウの問題作でした。

病みませるうなじに織《ほそ》きかひな捲きて熱にかわける御《み》口《くち》を吸はむ
やは肌のあつき血汐にふれも見でさびしからずや道を説く君
乳ぶさをおさへ神秘《しんぴ》のとばりそとけりぬここなる花の紅《くれなゐ》ぞ濃き
春みじかし何に不滅《ふめつ》の命ぞとちからある乳を手にさぐらせぬ

与謝野晶子

幕末から明治の人々に好まれた都都逸の恋愛、例えば「三千世界の烏を殺し主と朝寝がしてみたい」（伝・高杉晋作）とは全然違う、男女が対等に向き合う恋愛世界がここにはあります。女性が性的欲望を歌にするなど当時の常識ではとんでもないことでしたが、若い世代は晶子の恋に共感し、自由恋愛に憧れを抱きました。

晶子という人物には、自由主義的な部分とそうでない部分が渾然としています。鉄幹との間には十二人の子どもが生まれ、結婚後に恋愛事件を起こすことはなく、日露戦争で「君死にたまふことなかれ」と弟を思う詩を書いて大論争を巻き起こしたわりに、太平洋戦争では息子の勝利を祈る歌を詠み、日本が敗れる前に大御所歌人としての人生を全うしました。

晶子よりも下の世代には、結婚後に夫公認で恋愛を繰り返した岡本かの子がいます。かの子はユニークな結婚生活にふさわしく、世間で美徳とされる「夫唱婦随」から外れた歌を詠んでいます。

かくてもなほ女の我の足下に縋る男かあはれゆるさん
我が男ほかの女と密事《みそかごと》する弥生ともなりにけるかな

岡本かの子

7

大正から昭和初期にかけて恋愛事件を起こした女性歌人としては、原阿佐緒の名も欠かすことはできません。彼女は同じアララギの歌人で物理学者だった石原純（既婚者）と同棲しましたが、最終的には石原純を失い、バーを転々とすることになります。そんな彼女の歌は、女性が損をする社会の仕組みと、そこにアグラをかいている男性たちへの恨みがにじみます。

生きながら針に貫かれし蝶のごと悶へつつなほ飛ばむとぞする
吾がために死なむと云ひし男らのみなながらへぬおもしろきかな

原阿佐緒

⑧

二首目は、うがった見方をすれば、恋愛経験の豊富さを示す歌でもあります。現在も性被害に遭った女性に対し「隙があるのが悪い」と非難する人がいますが、彼女も男を惚れさせる魔女であるかのように語られてきました。

大正から昭和初期にかけては権利拡大を求める女性たちが注目を集めるようになりましたが、女性雑誌の投稿欄などに掲載される女性の歌は、自然の美しさや家庭の仕事、子育ての日常などを詠んだものが多く（男性歌人に選ばれる歌がそうであったので）、戦争中は勝利を祈る歌や物資不足に耐える心構えの歌といったものが加わるのでした。

「女性のたしなみ」ではなくなる短歌

戦後は急に男女同権の世となり、歌壇でも女性歌人の活躍を期待する雰囲気が生まれます。釈超空（折口信夫の短歌での筆名）は、平安以来のつややかな「女歌」の復活を期待する文章を発表し、歌壇で注目を集めました（註：二十一世紀の感覚では、男歌・女歌という概念も性差別ないしジェンダー差別ですが、当時は男女参画の手段として女歌の復活が期待されました）。昭和二四（一九四九）年には女性限定の初めての超結社組織「女人短歌会」も結成されます。しかし、昭和二十年代後半に最も世間の注目を集めた女性歌人は、それとは別に登場した中城ふみ子でした。

離婚経験のあるシングルマザー、中城ふみ子は、昭和二九（一九五四）年、歌壇刷新の目論見をもって設立された第一回「短歌研究」五十首詠の一位入選（現在の短歌研究新人賞）に輝きます。

音たかく夜空に花火うち開きわれは隈なく奪はれてゐる
メスのもとあばかれてゆく過去がありわが胎児らは闇に蹴り合ふ
救ひなき裸木と雪のここにして乳房喪失の我が声とほる

中城ふみ子

⑨

ふみ子は乳がんを患っていて、三首目の「乳房喪失」は、がん治療のために乳房を失ったことを詠んでいますが、そんなことを歌にして世間に発表した女性はそれまで誰もいませんでした。

インパクトのあるドラマチックな作品に対して古参男性歌人の反応は大変厳しく、「たとへばあなたの息子さんの配偶に『乳房喪失』の著書の中城ふみ子のやうな人を選べ得ますか、といふことを聞きたい。私にはとても出来ない[10]」といった声があがります。戦後の憲法では結婚は両人の意思によるものとされますが、そんなの関係ないと言わんばかりの書きぶりです。しかし、ふみ子に対する世間の関心は高く、その死によって彼女は伝説的な存在となりました。

中城ふみ子が歌壇に与えたショックは非常に大きく、以後、女性が性愛を歌うことに歌壇は寛容になっていきます。また、女性は短歌で何でも自由に詠めることが明らかになったためか、その後の前衛短歌の隆盛のためか、「短歌は女性のたしなみ」と考える人は戦後の日本に少なくなりました。

俳句の男目線

短歌に比べ、俳句で性愛を詠むことは難しいように思われてきました。しかし、不可能なことではなく、様々な性愛の句が生まれています。その先駆的作品としてよくあげられるのが、昭和九（一九三四）年、日《ひ》野《の》草《そう》城《じょう》が発表した連作「ミヤコ・ホテル」です。作者は「エロチシズム濃厚なテーマ」として、新婚初夜を詠みました。短いのですべて引用してみましょう。

これはフィクションです。作中の男性は作者本人ではありません、と前置きしておきます。

けふよりの妻《め》と来て泊《は》つる宵の春
夜半の春なほ処女《おとめ》なる妻《め》と居りぬ
枕辺の春の灯《ともし》は妻《め》が消しぬ
をみなとはかゝるものかも春の闇
薔薇にほふはじめての夜のしらみつつ
妻《め》の額《ぬか》に春の曙はやかりき
麗らかな朝の焼麺麭《トースト》はづかしく
湯あがりの素顔したしく春の昼
永き日や相触れし手はふれしまま
失なひしものを憶《をも》へり花曇

この作品を中村草田男や久保田万太郎が酷評、俳壇の外の室生犀星が応援し、両者の間には「ミヤコ・ホテル論争」が起きました。そのわりに、現代の我々は「濃厚なエロチシズム」をここに感じることはできません。現代には性の表現があふれているせいもありますが、本質的な理由は、描かれているストーリーがきわめて常識的、あるいは通俗的で、今の言葉でいえば「あるある」に徹していることではないかと思われます。

なお、「あるある」自体は俳句の敵でありません。「あるある」な日常に新鮮な発見があったとき、名句が生まれることもあります。しかし、本作の場合、「あるある」な状況を表現することにとどまっているように見えるのが残念です。しかも、男性が初夜に抱く典型的な妄想で、そういう意味でも「あるある」です。それでは詩情がありません。

俳句は短歌よりも短いので、あるイメージを読者と共有できる言葉を用いることで、短さを補っているところがあります。そのためもあるのか、男性俳人がエロスをテーマとすると、男性読者だけが「あるある」「わかる、わかる」と共感できそうな言葉を持ってくる傾向があります。例えば、「寡婦」は、「男にとっては、『寡婦』といっただけで、恋心を刺激されるような、ちょっとエロティックな存在です[12]」ということで、日野草城も寡婦を詠んでいます。

薄氷《うすらい》や白ささびしき寡婦の足袋

日野草城

肌寒やうつうつとして寡婦の恋 13

作者の眼は、寡婦の足袋の白さに、けなげに孤閨を守る貞淑さを感じているようです。また、二句目の「うつうつとして」は、夫を失った寡婦はあっけらかんと次の恋を愉しんだりしないものだという考えにつながります。そうした作者の感覚に共感した人々は、戦後の寡婦は次のように感じていたことを知っていたでしょうか。

未亡人といへば妻子のある男がにごりしまなこひらきたらずや
われの肉体もとめをるらしきこの男平然としてをんどりの話する
森岡貞香 14

見る側である男性と見られる側である女性では、考えていることがこれだけ違います。
俳壇にも怒りと悲しみを抱えた寡婦がいました。

ダンサーになろか凍夜の駅間歩く
黒人と踊る手さきやさくら散る
夏みかん酢つぱしいまさら純潔など
鈴木しづ子

15

コスモスなどやさしく吹けば死ねないよ

戦中に俳句を始めたしづ子は戦後早々に第一句集を発表して好評を博しながら、結婚・離婚を経て岐阜に移住し、東海地方で最も有名な歓楽街、柳ケ瀬のダンスホールに勤めました。さらに岐阜県内の進駐軍向けのキャバレーに移り、そこで出会った黒人兵士と恋仲に。ところが兵士は朝鮮戦争で麻薬を覚え、復調せぬまま帰国して他界。そのような日々の感情をぶつけた俳句が、昭和二七（一九五二）年、第二句集『指輪』として発表されました。ありのままの自分を詠んだ俳句は読者を圧倒しましたが、経歴から「娼婦俳句」とも呼ばれました。世間の反応をどう思ったのか、しづ子は『指輪』の発表後ほどなく行方をくらまし、関係者との連絡を断ってしまいます。その後の生死も明らかではありません。

第十六章

季節のない街で

日本人が海外で詠むとき

一番手は阿倍仲麻呂、漱石も

海外で感じたことを日本語で詩歌に詠むことを海外詠といいます。その一番手に挙げられる一人は、奈良時代の阿倍仲麻呂ではないでしょうか。遣唐使として中国に渡り、現地で活躍したものの帰国できずに世を去った仲麻呂は、唐で故郷を思い、次の歌を詠んだとされます。

あまのはらふりさけみればかすがなるみかさの山にいでし月かも　阿倍仲麻呂　①
（大空を仰いでみると、春日の三笠山に出ていた月だよ）

この歌は百人一首にも収録されていますが、本当に阿倍仲麻呂が唐でつくった歌なのかと疑っている人たちもいます。その理由は、奈良時代に編纂された『万葉集』には収録されず、平安時代の『古今集』に収録されていることや、日本に伝えられたルートが明らかではないことなどです。それらの疑問に対しては、編纂時期に間に合わなかった、唐で手紙を託された人の記録が見つかっているなどの反論もあります。いずれにしろ、外国で見る月に故郷で見た月を重ねて故郷を想う心的テンプレートは、日本においては、この歌によって確立されました。

それからはるかに時代が下って、幕末以降、日本人は欧米を訪れるようになり、欧米でも俳句や短歌が詠まれるようになります。ロンドンに留学した夏目漱石も、留学中に俳句を詠んでいます。

筒袖や秋の柩にしたがはず　**夏目漱石**

2

学生時代からの親友で、長く病の床にあった正岡子規の死を知ったときの句です。「筒袖」とは袂のない袖の着物のことで、ふつうは昔の仕事着などを意味しますが、この句では漱石の洋服のこと（洋服の袖も筒袖）。親友が亡くなっても葬儀に参加できない、異郷で孤独に暮らす作者の姿を彷彿とさせます。

阿倍仲麻呂の歌も漱石の句も、現地の地名や日本にはない事物を詠みこんでいるわけではありません。海外詠だからといって、海外らしい言葉を詠みこむ必要はないのです。外国の地名や日本にはない事物を詠みこむのは構いませんが、闇雲に詠むと、読者にイメージが伝わりにくくなるおそれもあります。例えば、ギリトという地名が句に入っていても、詞書でも附さないかぎり、読者はケニアの町だとわからないでしょうし、わかったところで、ギリトならではのイメージは依然湧きにくいでしょう。反対に、パリ、ロンドン、ニューヨーク、アウシュヴィッツ、エッフェル塔、万里の長城、ピサの斜塔のように、ある程度の人数が知っている地名や事物はイメージ喚起力が強く、季語的なキーワードとして作用します。

摩天楼より新緑がパセリほど　鷹《たか》羽《は》狩行《しゅぎょう》

3

現在では日本にも「摩天楼」という言葉が似合う超高層建築があちこちにありますが、かつては摩天楼といえばニューヨークでした。映画の邦題に『摩天楼はバラ色に』というものがあるくらい（原題 The Secret of My Success、一九八七年）、二十世紀の日本人にとって摩天楼とニューヨークは直結していたという背景があってこそ、ニューヨークの句として成立しているのです。作者が見下ろした新緑をパセリに見立てたのは、エンパイア・ステート・ビルディングだったといいます。ただし、この背景と作者を知らないと、

第十六章　季節のない街で

二十一世紀では、ドバイや上海の句としても立派に通用してしまいます。

海外旅行での俳句は、旅の思い出として、作者にとっては記念写真のような役割を果たす面もあります。ＳＮＳで記念写真に「いいね」をもらうことが普通になっている時代ですから、海外旅行の句も俳句仲間から「いいね」をたくさんもらえるかもしれません。しかし、その句が俳句としてどうなのかは、また別です。ありきたりの内容ですと、「絵葉書俳句」や「観光俳句」（どちらも良い意味ではない）と言われてしまいますし、特殊すぎる内容ですと、前述のように、イメージが読者に伝わりません。海外詠には海外詠であるからこその難しさがあります。

季語が季語として成立しない

海外詠の最大の問題は、日本との風土の違いから、単語が持つイメージが日本と海外で食い違うケースが多いことです。とくに、日本との気候風土の違いから、海外では目の前の現実と日本語の間で季節感にズレが生じてしまうことがよくあります。季節が二つの地域もあれば、六つの地域もあります。気象パターンが日本と全然違う地域はもちろん、四季がある国でも、日本の春夏秋冬と現地の春夏秋冬ではいろいろなことが違います。

例えば、日本の人々は「春の風」という言葉に、あたたかなやわらかい風を思い浮かべると思いますが、フランスでは多くの人が「春の風」に、南東部の春に吹き下ろす、寒冷で強い北風ないし西風、ミストラルを連想するでしょう。

季節の訪れのイメージも、地域によって異なります。日本の本州では、春の訪れとは三寒四温のペースで寒さがやわらいでいくうちに本格的な春になるものです。ところが、ロシアやウクライナのような国では、春は一気に訪れます。そこでは様々な植物が一気に芽吹き、次々と花が咲きます。その急激な変化は暴力的に感じられるほどで、ストラヴィンスキー作曲の「春の祭典」そのものです。

このような違いは、短歌よりも俳句で大きな問題となります。私とは異なりますが、俳句には季題や季語が絶対に必要とする立場の人々は、海外でも有季の句を詠まないと、俳句として成立しないと考えるためです。

比較的早い段階でこの問題に直面したのは、日清戦争後、日本の統治下におかれた台湾で俳句を作る人たちでした。彼らは日本で親しまれている季語を使うと、台湾の自然や生活を表現しにくいことに苦慮しました。台湾では三月、四月ぐらいから本州の夏ぐらいの気温になりますが、実際にそうだからといって、三月の俳句に夏の季語を用いることにはためらいがありました。

明治末、新傾向俳句を広めるために日本を巡り歩いた河東碧梧桐は、季語よりも写生を重視する立場の人でしたので、明治四一（一九〇八）年、台湾を訪問した際、次のような句を残しています。

十月の夏去る思ひ雨一日　　河東碧梧桐 [4]

十月は日本では秋ですが、現地では夏の終わりです。少々説明的な句ですが、碧梧桐は現地のリアルな感覚を優先し、「十月の夏去る思ひ」としたのでした。

その後、明治四三（一九一〇）年、台湾在住の俳人、小林李坪が『臺灣歳時記[5]』を上梓します。碧梧桐はその序に「沖縄臺灣の如き風土の異なる地方の季題趣味問題は遂に俳句上の大問題である」と記しました。明治末の段階でこの見識は、大変先進的だったといえます。

なお、この『臺灣歳時記』は春夏秋冬に分かれていますが、夏の部の語数が他よりずっと多いのが特徴的です。また、夏の部には、水牛、夜光貝、れいし（茘枝）、烏龍茶など、いかにも台湾らしい言葉が並んでいます。日本では夏の季語とされる蚊帳については、春の部に「春の蚊帳」、冬の部に「冬の蚊帳」があり、夏の部に蚊帳はありません。本土から移住した日本人は、春や冬の蚊帳に台湾らしい興趣を感じたのでしょう。

『臺灣歳時記』は地方歳時記の先駆的な試みでしたが、昭和初期、高濱虚子に否定されることになります。

幻の「熱帯季題」

子規の死後、俳句を休んで小説を書いていた高濱虚子は、大正時代に碧梧桐に対抗して俳句を再開し、伝統重視の路線を打ち出しました。何かと碧梧桐の逆張りをした虚子は、写生よりも季題を重んじましたが、やがて海外詠での季の問題を無視できなくなります。第一次大戦後、日本がパラオなど南洋諸島を委任統治し、シンガポールなどにも移住者が増えるにともない、「私達は一体季題をどういふ風に取り扱つたらよいのか。春夏秋冬の区別は殆どなく、年中暑いこの土地の風物を、どの季題をもつて詠つたらいいのか[6]」という声が虚子に投げかけられたためです。

昭和一一（一九三六）年、渡欧した際に欧州各地ならびに寄港地の日本人と交流した虚子は、南の地域の人々のニーズに応えて新たに歳時記を編纂するかわり、夏の部に「熱帯季題」を加えることを決めました。その理由は、

第十六章　季節のない街で

> 俳句はどこまでも日本の本土が生んだ文芸である。歳時記に規定されてゐる季題といふものは、多少の変遷はあるにしても、まづ大体において、動かすべからざるところのものである。この季題を根底から打ち壊す時が来たなら、わが俳句は滅びる時である。
>
> そこで、季題はどこまでも動かすべからざるものとして置いて、新たに夏の部に、熱帯といふ一部を設けてその熱帯の天文、地文、地名、動物、植物、著名な行事等は、そのものが暑い熱帯の季感を現はすものとして季題となり得るといふことにしたらよからうと思ふ。[7]

「動かすべからざる」という強い言葉や、「季題を根底から打ち壊す時が来たなら、わが俳句は滅びる時である」という大仰な表現は、現地で勝手に歳時記を作らせないという意味を含んでいます。虚子は外地で独自の歳時記を作ることに、「そんな風に地方〳〵で歳時記が出来たら俳句の統一がむづかしくなる[8]」と反対でした。

そして、予告通り、昭和一五（一九四〇）年に改定された『新歳時記』では、七月の部の最後に熱帯季題を掲載しました。その内容は、熱帯、赤道、馬来正月、朝陰、木蔭、オアシス、貿易風、スコール、赤道祭、嫁選、象、水牛、鰐、鱶、極楽鳥、熱帯魚、火焔樹、無憂華、鳳凰樹、宝冠木、仏桑花、ドリアン、マンゴスチン、マンゴー、パパヤ（パパイヤ）、龍眼、バナナ、パイナップル、椰子、檳榔樹、護謨樹、榕樹、クロトン、月下美人、ブーゲンベレア[9]でした。

『臺灣歳時記』には春秋冬の部もあった通り、台湾の人は日本とは異なる四季の言葉を詠みたいと考えていましたが、熱帯季題は夏に限定されました。これは碧梧桐よりも大きな後退で、虚子にとっては、日本の領土拡大に伴う妥協でしかなかったのです。そもそも、昭和一一（一九三六）年に渡欧していましたが、虚子は現地でも俳句には季題が必要だと主張するのみで、欧州独自の季題を真剣に考えようとはしなかったのです。

虚子が熱帯季題を夏限定にしたのは、もともとの季題への影響をおそれてのことだったようです。さきの引用のように「俳句の統一」を損なうことを虚子は望んでいませんでした。また、虚子は「台湾、ハワイ、委任統治南洋諸島等も、大体これに準じてしかるべきであらうと思ふ[10]」と、ハワイも台湾も一緒くたに括っています。そのため熱帯季題は、シンガポールやハワイ、パラオなど、「外地」と呼ばれた地域での作句の悩みを解消するには至らなかったようです。

その後、太平洋戦争の敗戦によって、熱帯季題は葬られます。南洋諸島に住んでいた日本人が帰国したため、虚子はもはや熱帯季題は必要のないものと考え、戦後の『新歳時記』の改訂では熱帯季題を削除してしまいました。

しかし、現在多くの歳時記では、パイナップル、バナナ、仏桑花（ハイビスカス）などは夏の季題ないし季語とされています。日本の復興と経済発展、沖縄返還といった出来事を経て、これらが本土でも親しまれるようになったためです。

また、渡欧旅行に出かける前に、虚子自身がバナナの句を詠んでいます。

川を見るバナナの皮は手より落ち　**高濱虚子** [11]

川を見ながらバナナを食べていたら食べ切ってしまい、いつのまにか皮が手から落ちた、……とは、ボンヤリしすぎでは?!、と突っ込みを入れたくなるこの句は、賛否両論でした。「痴呆俳句」と罵る人もいれば、この意味のなさに大きな無を感じ、名句と評価する人もいました。いずれにせよ、戦後「バナナ」を季題から削除してしまったとき、虚子は自分の有名な句を無季にしてしまったことに気づかなかったのでしょうか。もっとも、最晩年の『虚子百句』[12]（昭和三三年）では、この句は夏の句として載っていますから、虚子は一筋縄ではいきません。

砂漠の俳句

海外に住み、季語に悩む人々がいる一方、あえて季語の使いにくい環境に身を置き、自分と俳句を見つめようとする俳人もいます。その一人が、加藤楸邨です。自身の結社「寒雷」から金子兜太や澤木欣一などを輩出した楸邨は、芭蕉の研究家でもあり、「おくのほそ道」の旅の延長としてシルクロードを旅しました。

加藤楸邨のシルクロード初体験は、戦争中の昭和十九（一九四四）年で、そのときすでに彼の中で、「季題をどうするか」という戸惑いが生まれたといいます。その戸惑いに改めて向き合うかのように、二十八年後の昭和四七（一九七二）年、ソ連時代のシベリアを旅した楸邨は、昭和四九（一九七四）年はアフガニスタンとパキスタン、昭和五〇（一九七五）年はレバノン、ギリシャ、トルコ、イランを旅しました。

日本でシルクロードのブームが起こったのは一九八〇年代初めですから、楸邨のシルクロードの旅は時代に先駆けるものでした。それだけに、七十代になろうとする人間（一九七五年の日本人男性の平均寿命は七十二歳に満たないです）には、過酷な旅だったようです。アフガニスタンとパキスタンの国境では発熱し、現地で入院しています。しかし、芭蕉に近づこうとしていた楸邨には、旅の苦しさも身をもって体験すべきことだったのでしょう。

沙熱し沈黙世界影あるき
日本語をはなれし蝶のハヒフヘホ
渇きたる駱駝の顔が頭上過ぐ
蜥蜴うかがふ「目には目を歯には歯を」

13

一句目は夏の季語の「熱砂」、二句目は春の季語「蝶」、三句目は夏の季語「旱」や秋の季語「秋渇き」、四句目は夏の季語「蜥蜴」を俳人に思わせますが、どれも日本的情緒や季語の本意とは断絶していて、その土地ならではの空気感を伝えます。

> 名を知らない動植物にぶつかるのが、国外の俳句を詠む上での大きな困難の一つである。しかし、日本にあるものだと国外でそれに接した場合都合がよいかというと、決してそうではない。そういう見馴れたものにぶつかると、それをすぐ見馴れた感覚で俳句に詠みたくなるものだ。その時陥りやすい穽は、国外ではじめてめぐりあったものの本質を見落してしまって、日本的なものだけを探り出して

句にするということになりやすいのである。

14

たんぽぽという極めてありふれた花もシルクロードの沙漠で詠みとるときは、厄介な抵抗を示してくる。厄介なものなら棄ててしまったらいい、そういう声は今まで私の中にどのくらいわいてきたかわからない。しかし、私にはその厄介な抵抗こそ俳句を緊張させ、重層性をつかみとるよすがなのだから、棄て去ったら抵抗がなくなると同時に私の俳句そのものが消え去ってしまうわけである。

15

旅人としてのみならず、今は異質の風土の中に、生活を持つ日本人が、世界中にひろがっているのである。（略）こうした場合、在来の俳句的情緒だけをその中から汲みあげて足れりとするわけにはいくはずがないであろう。季題は、そうした場合、極めて危険な罠に変質しやすいものである。在来の俳句的情緒を形成するにふさわしい情感を、すでにそれ自体内包しているからである。異質の風土の中から、日本的情緒だけを探し出して詠みあげるのでは、決してシルクロードであるとか、アフリカであるとかの新しい詩の発見というわけにはいかないであろう。

16

加藤楸邨の、日本的情緒が凝固した季語が「罠」になるという指摘はもっともです。海外旅行者の海外詠の多くが記念写真のようなものになってしまうのも、「日本的なものだけを探り出して句にする」行為にとどまっているためでしょう。本当は、季語が通用しない場所では、通用しないからこそ、「私の俳句」に出会うことができるのです。

ナミブ砂漠で詠んだ連作を含めた『無方』という作品で平成一二（二〇〇〇）年蛇笏賞を受賞した津田清子も、季語のない場所で「私の俳句」を求めた俳人でした。

唾すれば唾を甘しと吸ふ砂漠　　津田清子
砂漠の木自らの影省略す
無方無時無距離砂漠の夜が明けて[17]

黒田杏子の手記[18]によれば、これらの無季句について、津田清子は或る大御所から有季にしなかったことを責められます。しかし、津田は、砂漠には季語がなかった、と返したそうです。また、津田清子は桂信子との対談[19]で、砂漠に旅する意義を、「みんなと同じものを見ているとみんなと同じ俳句しかできないから、違うところを見たほうがいいんです」

「砂漠のように何もないほうが自分だけ残ってしまう」といった言葉で語っています。

　私も二〇一五年一月から二月にかけて、モハメド・ビン・ラシッド・アル・マクトゥール財団（現モハメド・ビン・ラシッド・アル・マクトゥール知識財団）および日本芸術文化国際交流財団が行った作家交流事業の一環として、アラブ首長国連邦に滞在、各首長国を吟行し、砂漠などを詠む機会に恵まれました。そのときに詠んだ句のうち九十九句を、英訳とアラビア語訳を付けて第二詩歌集『亜刺比亜』に収めています（日本では未発売、第三詩歌集『星貌』に附録として日本語原句を掲載）。

　その中には、季語とみなされる言葉が入っている句もあります。しかし、季節および文化が日本と根本的に異なる「場」で詠まれた句では、本意本情が通らない、もしくは季語として機能していません。

　季語の入っていない句には、すでに「無季」という名称がありますが、季語とみなされる言葉が季語として機能していない句は、一部の俳人には「超季」と呼ばれています。先ほどの楸邨句も無季に等しい超季の句です。そして、無季と超季を合わせて「雑《ぞう》」と言います。海外詠において、季節および文化が日本と根本的に異なる「場」で詠まれた句は、実質的に、雑の句になる他ありません。

　以下の拙句も、「銀河」や「蠅」という言葉が入っている句を含めて雑です。

摩天楼見上げてフラミンゴの夜
塔のぼる銀河中心部へ向けて
永遠や砂漠に彫って我が名前
角砂糖踏みしめ蠅や王の気分

堀田季何

20

このような雑の句で重要になるのは、季題・季語の本意本情でも季感でもなく、季語的なイメージ喚起力を持つキーワードです。

第十七章

外国語俳句がマジョリティ

地球の俳句

HAIKU は世界の共通語

SUSHI や JUDO が世界でそのまま通用するように、近年は HAIKU も世界の言語でそのまま用いられています。ウィキペディアでも百以上の言語が HAIKU を扱っていて、その数は SUSHI とほとんど変わりません（二〇二三年二月現在）。

二〇一一年のノーベル文学賞はスウェーデンの詩人、トーマス・トランストロンメルが受賞しました。彼は、詩としてスウェーデン語で俳句も作っており、高い評価につながりました。なお、彼の俳句は原語では五七五のリズムです。

Kraftledningarna
spända i köldens rike
norr om all musik.
（寒気の領域に張り詰める送電線　音楽の極北）

①

外国語で俳句を楽しむ人の数ははっきりとはわかりませんが、数的にも地理的にも広がりつつあることは確かです。俳人の夏石番矢を中心に二〇〇〇年に創立された世界俳句協会を例にとると、報道によれば、スロベニアで開催された創立大会の参加者は十一カ国六二人でしたが、十九年後には十八カ国二百十四人に達しました。このときアジアからは中国（内モンゴルを含む）、ネパール、タジキスタン、マレーシア、ベトナム、シリア、イラク、アフリカからはモロッコの俳人が参加しています。ここまで「世界」的な俳句団体は日本では他にありません。今後も海外の俳句人口は着実に増加していくはずです。

反対に、日本の俳句人口は今後大幅な減少が見込まれます。現在の俳句人口の中心が高齢者であるためです。私が所属する現代俳句協会でも、高齢者が会員のおよそ7割を占めています。近年金子兜太や稲畑汀子といった俳壇の長老が次々亡くなりましたが、俳句愛好者たちも同じでしょう。二〇三五年の日本の俳句人口は二〇二〇年の半分くらいになるのではないかと思います。

現在の中年世代は、退職までしばらくありますし、退職後も年金を補うために再就職する必要性のある世代ですから、老後になっても俳句を始めるかどうか。十代、二十代はもともと数が少ない世代なので、団塊世代が去ったあとの穴を埋めてくれることはありえません。

国内よりも外国の競技人口の方がはるかに多い柔道のように、俳句も国内より海外の俳句人口が多くなっていくのが自然のなりゆきでしょう。

軽蔑された短さが魅力に

外国人で初めて日本語の俳句（発句）を詠んだのは、十九世紀はじめ、長崎の出島の商館長だったヘンドリック・ドゥーフとされます。

ドゥーフの日本滞在中、ナポレオンに敗れたオランダはフランスに併合されたり、日本でフェートン号事件が起こったり、オランダ商館には難題が続きました。本国から替りの人が来ないために十年以上日本に滞在したドゥーフは、日本人と友好的な関係を結び、日蘭関係の維持につとめたとされます。そんな彼が江戸に向かう途中、京都祇園・二軒茶屋（今もあります）で休憩し、店頭の女性が素早く豆腐を切る様子を見て次の句を詠んだと伝えられます。

稲妻の腕《かいな》を借らん草枕　②

　しかし、俳句作品を外国語で印刷した最初の書物は、オランダ人によるものではなく、英国公使館の日本語通訳として来日したウィリアム・ジョージ・アストンによる『日本語文語文典』二版 A grammar of the Japanese written language（一八七七年）でした。アーネスト・サトウの同僚だったアストンの同書に収められた三つの作品が、初の英訳俳句とされています（そのうちの一つは其角の作品ですが、他二つは作者不明）。

　アストンははじめ俳句について「一七音という短い範囲では、詩という名に値するものを何も入れられない[3]」と明らかに否定的でした。英訳した三つの作品に（其角の作品も含め）題名をつけているところにも、詩には題名があるべきだという西洋的な視点がうかがえます。その後に書かれた『日本文学史』A history of Japanese literature（一八九九年）では、芭蕉のことを高く評価していますが、「俳諧が文学の中で重要な位置を占めるなどということは、とんでもないことだ[4]」と、やはり文学としては低く見ていました。

　お雇い外国人として来日した英語教師バジル・ホール・チェンバレンは、著書『日本人の古典的詩歌』The classical poetry of the Japanese（一八八〇年）において、俳句は西洋の詩の概念にあてはまらないと考えたのか、俳句を「日本のエピグラム」として紹介しています。そのことで、俳句に対して理解がなかった人物に見られがちですが、俳句についての初めての本格的な英語論文「芭蕉と日本の短詩[5]」Basho and the Japanese epigram（一九〇二年）では、男女や身分の別なく一座をなすことができた句会を「真に民主的な文学サークル」と呼び、芭蕉の句を水彩画に喩えてモダンであると評価しています。

なお、芭蕉の句を絵画に喩えたのは、チェンバレンよりもラフィカディオ・ハーン（小泉八雲）が先でした。ハーンはエッセイ「蛙」Frogs（一八九八年）において、芭蕉の「古池や」の句を「完全なる感覚の絵[6]」と讃えています。ハーンよりも、チェンバレンやアストンの書籍のほうが広く読まれ、英語以外にも翻訳されましたが、日本の文化を深く理解していたハーンが二人の俳句理解におよぼした影響は少なくなかったでしょう。

モダニズムの詩人エズラ・パウンドも、俳句の紹介者として重要です。イギリスの総合文芸誌「フォートナイトリー・レビュー」にパウンドが一九一四年に寄稿したエッセイ「ヴォーティシズム」において、彼は「昔、中国人は『12行で言えないことは黙っていたほうがいい』と言っていた。日本人は、さらに短いホックを発展させた[7]」と紹介し、自身の俳句的な二行詩もあげています。

フランス語圏での俳句紹介者としてはポール＝ルイ・クーシューの名を欠かすことはできません。クーシューは二十世紀初めに二度来日して、『アジアの賢人と詩人』（一九一六年）を刊行しています。クーシューの文章によってポール・エリュアールなどが俳句に興味を持ったことにより、フランスに短い三行詩が登場したともいわれます。

　第二次世界大戦後は、日本文化研究者レジナルド・ブライスが戦後の早い段階で全四巻『俳句』を刊行し、敗戦国の文化に新しい光を当てました。ブライスは戦前から日本に住み、鈴木大拙に禅を学んでいたので、その俳句理解も鈴木大拙的です。日本の俳人には禅に偏り過ぎていると批判されますが、禅に関心の高いアメリカ人、例えばビート・ジェネレーションの詩人に多大な影響を与えました。彼らは俳句の短さは禅の思想を体現するクールなものととらえていました。近年は環境意識の高まりを背景に、俳句はエコロジカルであるともいわれます。

外国語俳句のスタイル

　現在、海外で作られる俳句の二割程度が有季定型で、季節の言葉を五七五のシラブル（音節）にのせています。それが外国語俳句のあるべき形かというと、私はそう思いません。

　まず、定型ということについてですが、日本では五七五という音の数に長い歴史があり、十七音であることに意味がありますが、外国にはそうした歴史がありません。彼らにとって意味のない、ただのフォームを「定型」と呼んでいいのでしょうか。

しかも、外国語の五七五は、日本語の五七五よりも長さがあります。俳句としては長過ぎるくらい長いです。とくに中国語では、五言絶句（五言×四句）との差がほとんどなくなってしまいます。これだけ長いと俳句らしさの決め手である、キーワードとそれを活かす切れが働かず、短い詩にしかならないです。

俳句研究の先駆者であるブライスやクーシューなども、日本語の音の数を外国語で再現するには無理があることを認めていて、翻訳にあたっては音数をあきらめています。

もちろん季節にも問題があります。日本人が海外で俳句を詠むときも、季語季題にこだわることの危険性を十六章で紹介しましたが、外国人が外国語で俳句を詠む場合、その言語で季節の言葉だからといって、詩的イメージをふくらませるキーワードとして働くかどうか。

有季定型派の首領であった高濱虚子は、外国で俳句を書く場合も有季定型であるべき、ということを述べていましたが、彼の主張をじっくり読むと、外国語による有季定型詩は日本語の俳句とは似て非なるものと自覚していたようです。欧州訪問で交流したクーシューとの会話などで、その限界について悟っていたようでもあります。虚子の俳句の定義は日本語の俳句でも狭いのですが、俳諧詩の可能性に気付いていて、事あるごとに（目的に応じて）俳諧詩の必要性を示唆していました。外国の俳諧詩派が有季定型派を質、量ともに凌駕する時代が来ることを、虚子は予見していたように思われます。私が、俳人の有馬朗人に聞いたところによりますと、外国語の俳句において、虚子は、季題については譲歩しませんでしたが、定型は諦めていたようです。

そして、令和の時代、日本の中学校で用いられている英語の教科書において、英語俳句は次のように紹介されています。

Haiku in English have become quite popular because they're short and easy to write. The rules for English haiku are less strict than the Japanese rules. For example, a seasonal word is not always necessary. It's not always necessary to count syllables, either.

Haiku in English are not only easy to write, but also easy to read.

⑧

英語の俳句において、季語や定型が必要でないと書いてあるところは正確ですが（日本語の俳句ではルールであると示唆しているところは正確でありません）、何度も easy という語が繰り返されるのが気になります。短いから書くのがeasyだとか、読むのもeasyだとか。俳句はそんなに簡単なものでしょうか。

外国語俳句こそ「切れ」が重要

外国語俳句は短ければOK、書くのも読むのも簡単、といった誤解は世界的に広がっています。有名な文学者が「自作の俳句」と呼ぶものが単なる三行詩であるなど、三行に分ければ俳句という誤解も同様です。

三行に書かれた外国語詩が、俳句らしいか、俳句らしくないかを分けるポイントは、主に切れではないかと思います。切れと改行が外国語の場合は密接な関係にあり、どこで改行するかが重要になります。多くの俳句作品で切れは一か所であることから、外国語で俳句を作る人に二行書きをすすめている団体もあります。三行使って合計三つのことを書いてしまう外国の俳句愛好者が多く、それでは句中の切れが二か所ある三段切れ（俳句のイメージ喚起力を損なう）になってしまうためでしょう。しかし、それにも私は反対です。行数をルール化するのではなく、文学である以上、作者は効果的な切れを意識しながら、自身の俳句に最適な改行を選ぶべきではないでしょうか。

すでに俳句の短さと切れという特性を活かした外国語の作品も、次々と生まれています。ブルガリアの詩人アレクサンドラ・イヴォイロワによる俳句を紹介しましょう。

Pain.
in it
the infinity
Alexandra Ivoylova　⑨

同年の世界俳句コンファレンスの基調講演で夏石番矢も引いていた俳句ですが、極めて単純で極めて深い作品です。五つの単語だけなのに、i(y)/n/t（基本的にはinとit）で押韻することで統一性を持たせ、さらに短く感じられるようになっています。その短さの中で、痛みがブラックホールとホワイトホールを兼ね、無限がそこに内在しています。ただの「infinity」でなく「the infinity」としているところもポイントです。この句が内含していることはそれこそ無限に近く、文章にはできません。俳句だからこそ、あまりにも短くて何も言っていないように見えない俳句だからこそ、無限の長さを言い得ているように思います。そもそも「Pain」と「inifinity」という抽象度の高い単語だけで上滑りしないのは、句が短いからであり、短いからこそ単語がキーワードとして発動し、読者の連想を次々に誘発する仕組みとなっています。

日本語の俳句ではあまり用いられない、ダッシュを切れ字のように使う技法もあります。

Sore throat—
I'm served chamomile tea
by penguins
Johannes S.H. Bjerg

⑩

作者はデンマーク人で、デンマーク語と英語で俳句を作っています。喉が痛む私にカモミールティーを淹れてくれるのがペンギン達とは、なんと楽しい句でしょう。

日本語の俳句と同様、外国語の俳句も進化の過程にあり、数的な拡大によって、様々な形の詩がHAIKUを名乗るようになっていくでしょう。そして、いつの日か、日本に逆輸入される形や技法や俳論や俳句観が出てくるでしょう。日本からもいろいろな形や技法や俳論や俳句観が発信されるでしょう。地球における俳句の未来は明るいと思います。

第十八章　ＡＩと第二芸術論

第十八章

ＡＩと第二芸術論

ＡＩと人間の俳句・短歌

偶然から生み出される俳句・短歌

かつては短歌・俳句のように勝ち負けがはっきりしない分野はＡＩになじまないと考える人が少なくありませんでした。しかし、近年はＡＩで短歌・俳句を作る試みは珍しくないものになっています。

コンピュータで短歌・俳句を作る最も早い例の一つが、一九七九年、国語学者の水谷静夫が論文「俳句を作る計算機」で発表したプログラムです。このプログラムは、おおざっぱにいえば、五七五の最初の五文字を「お題」として人間が入力し、計算機にあらかじめ蓄積されていた俳句の一節から七五をつなぎあわせるものでした。

秋の月長き坂道空に消ゆ
冬の月異郷に住みて早や四年
春の月石の地蔵が道しるべ

1

上手にできた句は無難にまとまっています。そのかわり、上の例でいえば、「秋の月」が「冬の月」でも「春の月」でも問題がなく、作者の焦点がいまひとつはっきりしません。このように、別の季節の季語でもよさそうな句を、俳人は「季が動く」といって嫌います。当時はその程度の俳句でも計算機の産出物として画期的でした。なお、このような穴埋めの作り方自体は、江戸時代にはすでに存在しています。

その後、ウィンドウズやアップルの登場、インターネットの発展など、様々な情報技術と言語学の発展とともに、短歌・俳句を作るプログラムも進化しました。

平成二〇（二〇〇八）年、短歌を自動生成するアルゴリズムによるバーチャル歌人「星野しずる」が登場します。歌人の佐々木あららがつくったこのプログラムでは、五三〇の語（名詞部二三〇、修飾部一五〇、述部一五〇）を、二十種類の構文で、五七五七七に並べることができます。シンプルなシステムですが、自動で短歌らしい三十一文字が生み出されることに人々は驚きました。

真っ白な日々を失いいらだちはさみしい花を拾い上げれば　　星野しずる

少年に似ている冬の太陽にしたがいなさい　夢のない時

誠実な謎がほしくて朝焼けは孤独な罪に封印された　②

これらの短歌はコンピュータの計算によって生まれた、言葉と言葉の偶然の出会いに過ぎません。ところが、「星野しずる」という人名があるだけで、人間が作った短歌であるように見えます。ＡＩが作ったという理由だけで、これらは短歌として評価の対象外になるのでしょうか。また、作品を作ったのがＡＩだとわかったときに、「なーんだ」と感じるのはなぜでしょうか。星野しずる作品はそのような議論を歌壇に提起しました。

現在ではアルゴリズムで短歌・俳句を作成するプログラムがインターネット上にいろいろと存在しています。私自身も令和二（二〇二〇）年に俳句生成プログラム「楽園 vol.01」を試作しました。インターネットから好きな俳人の句を約千句収集して言語コーパス（言語資料体）を構築し、そこから五七五を自動で組み合わせることができます。作句プログラムとしての完成度はそれほど高くはありませんが、私が助詞や語順を整えることで、次のような句ができました。

八月を静かな巨船とも思ふ
みちのくの中にみつしり露の玉

人体の淋しくなれば望の夜
胃の底に沈黙の水十三夜
いきいきと餅は焼かれて父の国

③

私自身はこのプログラムで生まれるものを「自作」として発表したいとは思いませんでしたが、棋士がＡＩを使って研究をするように、俳句でもＡＩを作品づくりの参考として使う手法は将来的には有効ではないかと感じました。俳人はもともと題詠などでは歳時記をめくって題にふさわしい季語を探しています。「すべての句は自分の体験です」という人も、歳時記で類語を探すことはやっているでしょう。ＡＩを使って言葉と言葉の組み合わせを試すやりかたは、その延長線上にあるように思います。

ディープラーニングでＡＩが俳人・歌人になれる？

近年はコンピュータに大量のデータを学習させ、それをもとに自分で判断できるようにする、ディープラーニングを取り入れた技術が多方面で活用されています。ＡＩ俳句・短歌も同様で、テレビ番組で人間の俳人と対決した北海道大学の「ＡＩ一茶くん」、令和四

（二〇二二）年に朝日新聞が発表した俵万智風の短歌を詠む「万智さんAI」もディープラーニングを取り入れています。

鳥の巣のふれるかたちの手を握る　　AI一茶くん（野口る理、大塚凱選）

宙吊りの東京の空春の暮　　AI一茶くん（高柳克弘選）

一人称あまり使わぬ日本語に君の心を隠しているか　　万智さんAI（俵万智選）[45]

これらのプログラムは、ざっくりといえば、特定の語彙と語彙が結びつく確率を（有名歌人・俳人の作品集、SNS等ネット上にあるテキストデータといった）参照データベースにおける語彙の配列や語彙間の距離から導き出し、その確率に従いながら語彙を別の語彙につないでいく手法をとっています。そのため俵万智の歌集を学習させれば俵万智に近づきますが、「誰からしい」作品を作ることが上手になると、予定調和的になってしまうことは避けられません。意外な言葉と言葉の組み合わせが生み出される偶然性（セレンディピティ）はあまり望めなくなります。人間なら、「なんか前に見たような、つまんない作品ばっかり作るね」と言われてしまうでしょう。そういう意味では、俳句ほど類想を避けない短歌の方がＡＩ向きかもしれません。

一方、「星野しずる」のようにあらかじめ用意された詩的な語句をある程度ランダムに接続するアルゴリズムなら、意外な言葉の組合せが得られるかわり、あまりにも不自然な連なりができてしまって意味の取りづらい歌になってしまうリスクが大きいです。また、現時点における短歌・俳句ＡＩが陥りやすい欠点には、「に」と「にて」の区別や、助詞や助動詞など一文字の細かいニュアンスが制御できない他、句割れ・句跨りに対応できないなど、修辞的に多くの制限があることがあげられます。

さて、ＡＩによる短歌・俳句の制作を俯瞰すると、主に①言葉を並べるプロセス、②並んでいる言葉を「良し」と評価するプロセス（選歌・選句）、③その「良し」の評価をもとに誰かが誰かの作品であると主張するプロセス（発表など）、という三段階から成り立っているといえそうです。

人間の場合、一般的にはある個人が創意工夫を凝らしながら言葉を選び、その人ないし指導者などの評価基準で「良し」と認められたものを自分の作品として発表します。①の段階で指導者や共作者等の手が入った場合は、③において自作とするか共作とするかが問題になるかもしれません。さらに、①が完全に他人の場合、斉藤斎藤が原爆死没者慰霊碑の碑文などをそのまま使った歌のように、物議を醸すことになります。

消息が書かれた瓦、講堂にぎっしりと横たえられた負傷者　斉藤斎藤　6

右の作品は広島平和記念資料館の展示物のキャプションを使っています。もとは、「消息が書かれた瓦」「講堂にぎっしりと横たえられた負傷者たち」の二つです。合体して短歌としたのは作者ですが、広島平和記念資料館側が「著作権を侵害された」と訴えたらどうなるでしょうか。

さて、極端な話、スパコンを活用すれば、ＡＩは天文学的な数の三十一音、十七音の組み合わせを簡単に提示することができるはずです。その中から人間が歌を評価して選び、その人が自作とみなしたなら、つまり①をＡＩが、②を人間がした場合は、人間の作品となるでしょうか、ＡＩの作品でしょうか。

それでは、②までＡＩが行った場合は、ＡＩの作品になるでしょうか。ＡＩも学習をさせるとある程度は作品評価ができるようになります。「啄木らしい短歌を作るＡＩ」というプログラムでは、ＡＩがスコアを使って「最も啄木らしい」ものを絞っています。また、「ＡＩ一茶くん」は自分でつくった句を選ぶだけでなく、句会に参加して他人の句を選べるようになることを目指しています。それができるようになったとき、①②をＡＩが行い、

③で開発者等の人間が自分の作品だと発表することはアリでしょうか。

この問題は、著作権にも及びます。例えば、①までをＡＩが行った場合を考えてみましょう。ＡＩ自体が著作権を持つことは現時点の法制度ではなさそうですが、ＡＩを開発した人間と「良し」と評価し作者を名乗る人が別の場合、発表された作品の著作権は誰に帰属するのでしょうか。音楽の世界では、ＡＩを開発した人間の著作権だと見なそう、そして、譲渡可能な著作財産権などはその人間の雇用者やＡＩの出資者のものだと見なそう、という商業主義的な主張が提起され、大問題になっています。俳句の世界でそういった主張が通ってしまうと、人類によって将来作られるであろう99%以上の俳句は著作権侵害になってしまいます。私自身は、作品を「良し」と評価し作者を名乗る人の著作権だと見なしたいです。その人間がＡＩの提案を参考にしながら作句している、というイメージです。

また、より大きな疑問も存在しています。ＡＩまたは開発者が著作権を伴う創作を大量に行い、99%以上の組合せがすでに存在している世の中で、俳人や歌人が創作する余地はあるでしょうか。①よりも②こそが本当の意味での創作だと見なさない限り、コンピュータを介した偶然が生み出す名作の先には、人間の創作機会が乏しい不幸な時代が待っているのかもしれません。虚子は「選といふことは一つの創作であると思ふ。少くとも俳句の選といふことは一つの創作であると思ふ。[7]」と述べていますが、変な意味で、真実となりつつあります。

第二芸術論とのニアミス

　ＡＩ短歌・俳句についての議論は、桑原武夫による第二芸術論[8]を私に思い起こさせます。太平洋戦争後の混乱期に出されたこの論文で、桑原武夫は、直接的には俳句、間接的には短歌を含めた短詩型文学は「現代人が心魂を打ちこむべき芸術」ではなく「第二芸術」と呼んで小説や自由詩などの「他と区別するがよいと思ふ」と述べました。この論文が俳壇・歌壇に与えた衝撃は大変激しく、その余波は現在にまで及んでいます。とくに歌壇では今なお第二芸術論についての言及が続いているほどです。

　同論において桑原は俳句の芸術性の実験として、専門俳人による十句と普通人による五句を無記名で並べ、プロとアマチュアの区別ができるか読者に問いかけました。そして、（Ａ）無記名のままでは質的に大して差のない「退屈」な句ばかりであること、（Ｂ）一句だけでは作者の優劣がわかりにくく、小説や絵画と違って「一流大家と素人との区別がつきかねる」ということを、非芸術的である理由としました。

（Ａ）の主張は、私は無意味だと思います。専門俳人による秀句とは言いがたい作品とそれらに近い普通人による作品が恣意的に並べられていたためです。これは桑原のトリックですから、無視していいでしょう。小説や自由詩でも同じ結果になります。

問題は（B）です。桑原の主張を少し（穏便に）言い換えれば、俳句や短歌はその短さゆえに一句一首単位では一流大家と素人との区別がつかない場合が多々あるのに対し、小説では短篇一つでも判断できる、ということです。これは私も認めます。経験から思うに、俳人や歌人の方が小説家よりも短期間に量を作って発表する必要性があるためか、句会発表作品や結社誌掲載作品などにおける駄作率はかなり高いです（句集・歌集は別です）。また、児童や初学者がたまたま秀句秀歌を作ることはありますが、小説ではまずありえないことも同意します。

初学者による名句の誕生を前述の俳句・短歌のプロセスに重ねると、①初学者が一七音や三一音を並べ、②初心者自身もしくは指導者が「良し」と判断し、③初心者が自分の作品として発表したものが専門家に高く評価された、となります。これに私はＡＩの議論を連想してしまうのですが、初心者ではなくＡＩであった場合、②の評価はアルゴリズムが自動で行うか、プログラマーや外部の選者が行うかになり、③はＡＩ作品あるいは人間（プログラマーや選者）の作品として発表されます。その作品が専門俳人・専門歌人に高く評価されるものである可能性は十分あります。

一方、現在のＡＩにすぐれた小説は書けません。でも、そう遠くない未来に新人賞を獲れる程度の短篇なら書けるだろうと予想されます。そのとき第二芸術論はもう通用しないでしょう。ＡＩがすぐれた小説を書けるようになってしまっては、一流大家とその他の区別がつかないわけですから、（Ｂ）の主張は瓦解します。つまり、ＡＩの進化によって、第二芸術論は完全に過去のものとなったと私は考えています。

そもそも人間の感覚は電気的であり、人間は最良のプログラムを備えた存在であるともいえます。将来的には人間の読者は作者がＡＩかどうかを気にしなくなるかもしれません。

出典一覧

勅撰和歌集の引用は、『新編国歌大観第一巻』（角川書店、一九八三年）に拠る。

第一章

1 『古今集』序

2 『新編日本古典文学全集1　古事記』上・須賀宮、小学館

3 『万葉集』巻三・三一七

4 『万葉集』巻三・三一八

5 『新古今集』巻六・冬歌・六七五

6 8 『古今集』序

7 『新釈漢文大系　第83巻　文選〈文章篇〉』明治書院

9 10 『新編日本古典文学全集12』「大和物語・一六八」小学館

11 『風雅集』巻二・春中・一九九

12 『古今集』巻十九・雑・一〇〇二

13 『万葉集』巻十四・三五四二

14 『古今集』巻十九・雑・一〇二三

15 『日本俳書大系　第6巻』日本俳書大系刊行会

16 『新編芭蕉大成』三省堂

17 『日本名著全集　第廿六巻』「武玉川」、日本名著全集刊行会

18 『日本名著全集　第廿六巻』「誹風柳多留」、日本名著全集刊行会

19 『子規全集　第四巻』「芭蕉雑談」改造社

20 『寺田寅彦全集　文学篇第七巻』「俳諧の本質的概論」岩波書店

21 坂本幸四郎『井上剣花坊・鶴彬―川柳革新の旗手たち』リブロポート

22 『鶴彬全集　一九九八年版』久枝

23 小池正博編『はじめまして現代川柳』書肆侃侃房

24 『無双　定金冬二作品集』私家版

25 『時実新子全句集』大巧社

26 『セレクション柳人3　石部明集』邑書林

27 小池正博編『はじめまして現代川柳』書肆侃侃房

28 『坪内稔典句集〈全〉』沖積舎

29 堀田季何『星貌』邑書林

第二章

1 『新選前田夕暮集』新潮社

2 『安西冬衛全詩集』思潮社

3 『高柳重信全句集』沖積舎

4 夏井いつき『絶滅寸前季語辞典』ちくま文庫

5 高瀬一誌『火ダルマ』砂子屋書房

6 『定本虚子全句』第三書館

7 『碧梧桐句集』角川文庫

8 9 『新体詩抄　初偏』丸屋善七

10 島崎藤村『若菜集』春陽堂

11 『日本文学全集51』「中原中也集　山羊の歌」集英社

12 『子規全集　第四巻』「俳諧大要」改造社

13 山下一海『俳句の歴史　室町俳諧から戦後俳句まで』朝日新聞社

14 17 『子規遺稿子規句集』籾山書店

15 『子規全集　第三巻』講談社

16 『子規全集　第二巻』改造社

18 『日本文学全集　第16（正岡子規集）』講談社

19 22 23 『碧梧桐全句集』蝸牛社

20 『定本　高濱虚子全集　第十巻　俳論・俳話集（一）』毎日新聞社

21 『定本虚子全句』第三書館

24 『増補決定版　尾崎放哉全句集』春秋社

25 種田山頭火『草木塔』八雲書林

26 橋本夢道『無礼なる妻』未来社

27 『井泉水句集』金星堂

28 荻原井泉水『俳句の道』立命館出版部

29 堀田季何『星貌』邑書林

第三章

1 『万葉集』巻一・一八

2 『古今集』巻二・春下・九四

3 『定本石川啄木歌集』学灯社

4 10 16 『寺山修司全歌集』沖積舎

5 9 『西東三全句集』沖積舎

6 11 『寺山修司俳句全集（寺山修司青春作品集、別巻）』新書館

7 秋元不死男『瘤』作品社

8 大島薫「寺山修司『チェホフ祭』再考：煙草くさき国語教師が言ふときに明日という語は最もかなし」『國文学』一〇四号、関西大学国文学会

12 『寺山修司未発表歌集　月蝕書簡』岩波書店

13 14 『若山牧水全集　第一巻』雄鶏社

15 『若山牧水全集　第二巻』雄鶏社

17 『西東三鬼全句集』都市出版社

18 19 『定本・富沢赤黄男句集』定本・富沢赤黄男句集刊行会

第四章

1 『新編日本古典文学全集25　源氏物語⑥』小学館

2 『新古今集』巻一・春上・一一四

3 久保田淳「藤原俊成の『あけぼの』の歌について—歌ことば『あけぼの』に関連して」『日本學士院紀要』第七〇巻一号

4 『古今集』巻二・春下・八四

5 『拾遺集』巻十三・恋三・七七八

6 鈴木日出男「古代和歌における心物対応構造—万葉から平安和歌へ」東京大学国語国文学会編『国語と国文学』四七巻四号

7 『新古今集』巻十一・恋上・一〇四九

8 九鬼周造『文芸論』「日本の押韻」岩波書店

9 『新古今集』巻十四・恋四・一三三〇

10 『風雅集』巻六・秋中・五六四

11 『風雅集』巻四・夏・四〇八

12 『新編芭蕉大成』三省堂

13 『現代日本文学全集　第六巻』「正岡子規集　歌よみに与ふる書」筑摩書房、一九五五年

14 『日本の詩歌3』「正岡子規」中央公論社

15 『子規遺稿　第一篇』俳書堂

16 『子規全集　第八巻』「墨汁一滴」改造社

17 斎藤茂吉『童馬漫語』「歌ことば」春陽堂

18 『現代詩文庫501　塚本邦雄集』思潮社

第五章

1 赤尾兜子『蛇』俳句研究社

2 俵万智『サラダ記念日』河出書房新社

3 神野紗希『光まみれの蜂』角川書店

4 『現代詩文庫501　塚本邦雄集』思潮社

5 穂村弘『シンジケート［新装版］』講談社

6 枡野浩一『ハッピーロンリーウォーリーソング』角川書店

7 岡井隆『蒼穹の蜜』沖積舎

8 稲畑汀子『稲畑汀子俳句集成』朔出版

9 金子兜太『少年』風発行所

10 金子兜太『遊牧集』蒼土舎

第六章

1 『日本歌学大系　第二巻』「古来風体抄」文明社

2 坪内稔典『季語集』岩波新書

3 高橋睦郎『季語百話　花をひろう』中公新書

4 『新釈漢文大系第106巻　白氏文集（九）』「白氏文集巻第五十五」明治書院

5 『万葉集』巻十九・四二九二

⑥⑨『新編芭蕉大成』三省堂
⑦『山家集（日本古典全書）』朝日新聞社
⑧『新編日本古典文学全集88』「去来抄」小学館
⑩『新古今集』六・冬・五九〇
⑪筑紫磐井『季語は生きている』実業公報社
⑫伊東月草『俳句の考へ方と作り方』考へ方研究社
⑬『山本健吉基本季語五〇〇選』講談社
⑭『定本亜浪集』石楠社
⑮堀田季何『人類の午後』邑書林
⑯照井翠『龍宮』角川学芸出版
⑰高野ムツオ『萬の翅』角川学芸出版
⑱角川グループ　https://www.kadokawa.co.jp/product/321903000130/
⑲『定本中村草田男全句集』集英社
⑳『定本虚子全句』第三書館
㉑角川春樹『信長の首』牧羊社
㉒『新編芭蕉大成』三省堂
㉓『芥川龍之介全集　第六巻』「発句私見」岩波書店

第七章

①『西東三鬼全句集』都市出版社
②伊丹三樹彦『神戸・長崎・欧羅巴』沖積舎
③『西東三鬼読本（俳句臨時増刊）』角川書店
④『阿部完市全句集』沖積舎
⑤『セレクション俳人12　筑紫磐井集』邑書林
⑥『新編芭蕉大成』三省堂
⑦『藤田湘子全句集』牧羊社
⑧『桂信子全句集』ふらんす堂
⑨小澤實『瓦礫抄』ふらんす堂
⑩岡野弘彦『バクダッド燃ゆ』砂子屋書房
⑪岩田正『柿生坂』KADOKAWA
⑫米川千嘉子『吹雪の水族館』角川書店
⑬『短歌研究』二〇二〇年九月号、短歌研究社
⑭『現代俳句集II』「花文字抄」琅玕洞
⑮『俳句』一九九八年十一月号、角川書店
⑯『短歌研究』二〇二二年八月号、短歌研究社
⑰『短歌研究』二〇一八年九月号、短歌研究社
⑱『短歌研究』二〇一九年九月号、短歌研究社
⑲『短歌研究』二〇二二年八月号、短歌研究社
⑳㉖『渡邊白泉全句集』沖積社
㉑『三橋敏雄　俳句文庫』春陽堂
㉒㉔『句集　広島』句集広島刊行会
㉓『金子兜太句集』風発行所
㉕『柿本多映俳句集成』深夜叢書社
㉗『三橋敏雄　俳句文庫』春陽堂
㉘マブソン青眼『マルキーズ諸島百景』本阿弥書店
㉙堀田季何『人類の午後』邑書林

第八章

①⑨『新編芭蕉大成』三省堂
②『新古今集』巻二・春下・一六一
③『古今集』巻一・春下・一二五
④『続後撰集』巻三・春下・一五五
⑤「名句に学ぶ俳句の骨法　第8回〔取合せと一物仕立て〕」『俳句』一九九九年八月号、角川書店
⑥堀切実『芭蕉を受け継ぐ現代俳人たち—季語と取合せの文化』ぺりかん社
⑦高柳克弘『未踏』ふらんす堂
⑧相子智恵『呼応』左右社
⑩堀田季何『人類の午後』邑書林
⑪奥坂まや『縄文』ふらんす堂
⑫『鷹』二〇二二年六月号
⑬『定本虚子全句』第三書館
⑭高濱虚子「俳句の作りやう」『ホトトギス』十七巻六号（一九一四年三月号）、ホトトギス社
⑮⑰『向井去来』去来顕彰会
⑯⑱高濱虚子「俳句の作りやう」『ホトトギス』十七

巻七号（一九一四年四月号）、ホトトギス社

19 小澤實『瞬間』角川書店

20 小澤實『瓦礫抄』ふらんす堂

21 『季題別山口誓子全句集』本阿弥書店

22 『定本中村草田男全句集』集英社

23 『新編　加藤楸邨全句集　上』青土社

24 『季題別　石田波郷全句集』角川学芸出版

25 奥坂まや「衝撃の火花」『俳句』二〇一六年三月号、KADOKAWA

第九章

1 『新古今集』巻四・秋上・三六二

2 『若山牧水全集　第一巻』雄鶏社

3 『杉田久女全集　第一巻』立風書房

4 『新編　加藤楸邨全句集　下』青土社

5 『定本中村草田男全句集』集英社

6 『高柳重信全句集』沖積舎

7 『定本・富沢赤黄男句集』定本・富沢赤黄男句集刊行会

8 河野裕子『森のやうに獣のやうに』青磁社

9 俵万智『かぜのてのひら』河出書房新社

10 笹井宏之『ひとさらい』書肆侃侃房

11 岡井隆『暮れてゆくバッハ』書肆侃侃房

12 13 高山れおな『切字と切れ』邑書林

第十章

1 土屋文明『新短歌入門』筑摩書房

2 『石田波郷全集　第四巻』「作句」

3 『季題別　石田波郷全句集』角川学芸出版

4 『日本の詩歌19』「秋櫻子句集」中央公論社

5 能村登四郎『定本咀嚼音』永田書房

6 水原秋櫻子『葛飾　決定版』沙羅書店

7 能村登四郎『有為の山』永田書房

8 水原秋櫻子『霜林』目黒書店

9 能村登四郎『民話』牧羊社

10 岡本眸『現代俳句入門　つくり方と上達法』家の光協会

11 『定本虚子全句』第三書館

第十一章

1 『日本の詩歌　第三』中央公論社

2 『松本たかし句集』角川文庫

3 『渡邊白泉全句集』沖積舎

4 『三橋敏雄全句集』立風書房

5 石田波郷・楠本憲吉『昭和秀句1〈新版〉日本秀句7』春秋社

6 『定本中村草田男全句集』集英社

7 18 小澤實『砧』牧羊社

8 小澤實『瞬間』角川書店

9 『俳句年鑑二〇一八年版』角川学芸出版

10 『俳句界』二〇一一年五月号、文学の森

11 小澤實『立像』角川グループパブリッシング

12 小澤實『芭蕉の風景（上）』ウェッジ

13 池田瑠那『金輪際』ふらんす堂

14 『澤』二〇一〇年八月号

15 相子智恵『呼応』左右社

16 榮猿丸『点滅』ふらんす堂

17 21 堀田季何『人類の午後』邑書林

19 夏石番矢『越境紀行』沖積舎

20 『しんぶん赤旗』二〇一三年二月一三日

22 赤野四羽『ホフリ』RANGAI文庫

第十二章

1 『新編古典文学全集1　古事記』中・景行天皇、小学館

2 高橋睦郎『詩心二千年　―スサノヲから3・11へ』岩波書店

3 『後拾遺集』九・羇旅・五一八

4 『後撰集』十五・雑一・一〇八九

5 『日本古典全書　山家集』朝日新聞社

6 7 8 『新編芭蕉大成』三省堂

第十三章

1 斉藤泰雄「識字能力・識字率の歴史的推移—日本の経験—」『国際教育協力論集』広島大学教育開発国際協力研究センター
2 4 『定本石川啄木歌集』学灯社
3 『石川啄木全集第四巻』「食ふべき詩」改造社
5 9 『石川啄木全集第四巻』「歌のいろ〳〵」改造社
6 8 松澤俊二編『コレクション日本歌人選 79 プロレタリア短歌』笠間書院
7 『プロレタリア短歌集 1929年メーデー記念』紅玉堂書店
10 『定本五島美代子全歌集』短歌新聞社
11 『矢代東村遺歌集』新興出版社
12 堺利彦『半生の墓』平民書房
13 栗林一石路『シャツと雑草』大象社
14 神山木石水「目的意識俳句への私感」『層雲』一九三〇年新年号
15 横山林二「プロ俳句に関する走書的覚え書」『層雲』一九三〇年四月号
16 『橋本夢道全句集』未来社
17 『新編 加藤楸邨全句集 上』青土社
18 『定本中村草田男全句集』集英社

第十四章

1 『万葉集』巻四・五五八
2 『万葉集』巻五
3 『万葉集』巻四・五七九
4 『新古今集』巻十四・恋歌四・一二七一
5 6 『新編芭蕉大成』三省堂
7 『子規全集 第二巻』講談社
8 長谷川かな女『雨月』水明発行所
9 『杉田久女全集 第一巻』立風書房
10 『細見綾子全句集』角川学芸出版
11 『寺山修司著作集 第一巻』クイッテンス出版
12 『高柳重信全句集』沖積舎
13 『定本中村草田男全句集』集英社
14 橋本夢道『無礼なる妻』未来社
15 『橋本夢道全句集』未来社
16 黛まどか『B面の夏』角川書店
17 池田澄子『ゆく船』ふらんす堂
18 池田澄子『空の庭』人間の科学社
19 『鎌倉佐弓全句集』沖積舎
20 恩田侑布子『イワンの馬鹿の恋』ふらんす堂
21 恩田侑布子『振り返る馬』思潮社
22 佐藤文香『君に目があり』港の人
23 越智友亮『ふつうの未来』左右社

第十五章

1 奥田勲「中世文学における女——連歌作者に女性はなぜいないか」
2 別所真紀子『江戸おんな歳時記』幻戯書房
3 『女重宝記・男重宝記 元禄若者心得集』現代教養文庫・社会思想社
4 税所敦子『心つくし』泉文社
5 上田松園『青眉抄』「税所敦子孝養図」六合書院
6 与謝野晶子『みだれ髪』東京新詩社
7 『岡本かの子全集9』ちくま文庫
8 原阿佐緒『涙痕』東雲堂
9 中城ふみ子『乳房喪失』作品社
10 尾山篤二郎「女人歌の在方の問題」『短歌研究』一九五四年九月号
11 『俳句研究』昭和九年四月号、改造社
12 復本一郎『俳句とエロス』講談社現代新書
13 『日野草城全句集』沖積舎
14 『女人短歌』一巻二号、女人短歌会
15 鈴木しづ子『夏みかん酢つぱしいまさら純潔など』河出書房新社

第十六章

1 『新撰和歌』巻三・一八二
2 『漱石全集 第十二巻 初期の文章及詩歌俳句』

岩波書店
3『鷹羽狩行俳句集成』ふらんす堂
4『河東碧梧桐全集　第二巻』短詩人連盟河東碧梧桐全集編集室
5 小林李坪『台湾歳時記』政教社
6 7 10
高濱虚子『渡仏日記』「熱帯季題小論」
8「熱帯季題小論補遺」『ホトトギス』三九巻一二号（一九三六年九月号）
9 高濱虚子編『新歳時記』三省堂
11『定本虚子全句』第三書館
12 高濱虚子『虚子百句』便利堂
13『新編　加藤楸邨全句集　下』青土社
14『加藤楸邨全集　第九巻』「死の塔」講談社
15『加藤楸邨全集　第九巻』「鶴と慟哭」講談社
16 加藤楸邨「俳句と異質の風土」『日本大歳時記カラー図説　新年』講談社、一九八一年
17 津田清子『無方』編集工房ノア
18「藍生」2022年6月号
19「ビッグ対談　桂信子×津田清子　私たち死なれませんね！　俳縁を語る」『俳句研究』二〇〇二年九月号、富士見書房
20 堀田季何『星貌』邑書林

第十七章

1 Tomas Gösta Tranströmer. Sorgegondolen, Albert Bonniers Förlag.
2 木内徹「野口米次郎―俳句を世界に広めた人」『俳句』二〇一六年九月号、角川文化振興財団
3 William George Aston. A Grammar of the Japanese Written Language, Luzac &Co.
4 William George Aston. A History of Japanese Literature, W. Heinemann.
5 Basil Hall Chamberlain.“Bashō and the Japanese Poetical Epigram”. Asiatic Society of Japan, vol.2, no.30.
6 Lafcadio Hearn. “Frogs”. Exotics and Retrospectives, Little, Brown, and Co.
7 Ezra Pound. “Voriticism”. Fortnightly Review, ns.96.
8『NEW HORIZON English Course 3』東京書籍
9 世界俳句協会編『世界俳句2005』西田書店
10 Johannes S. H. Bjerg. Penguins/Pingviner, Cyberwit.net.

第十八

1 水谷静夫「再び俳句を作る計算機」『日本文學』六三巻東京女子大学
2 短歌自動生成装置「犬猿」（星野しずる）http://sasakiarara.com/sizzle/
3『詩客』2021年9月4日投稿 http:://shiika.sakura.ne.jp/works/haiku-works/2021-09-04-21731.html
4 川村秀憲・山下倫央・横山想一郎『人工知能が俳句を詠む　AI一茶くんの挑戦』オーム社
5 朝日新聞デジタル　プレミアムA　No.19　俵万智×AI
6 斉藤斎藤『人の道　死ぬと町』短歌研究社
7 高濱虚子編『ホトトギス雑詠全集（四）』ホトトギス雑詠全集刊行会
8 桑原武夫『現代日本文化の反省』「第二芸術論―現代俳句について」白日書院

おわりに

　本書は、俳誌「楽園」に連載されていた好評企画「呵呵俳話」の何話かを基に、大幅加筆したものである。「呵呵俳話」自体は、筆者が口頭で俳話（俳諧・俳句に関しての談話）を行い、それを同誌編輯部の山崎垂さんが記録して文章化し、さらに、その文章を筆者が適宜修正して出来上がる。そのため、全体が話し言葉になっている。口述筆記と大きく異なるのは、リサーチ力に長けた山崎さんが、私が舌足らずだった部分や引用したい文章などを常に補ってくださる点である。痒い所に手が届く、とは正にこのことである。

　痒い所に手が届く、といえば版元である笠間書院の皆さまを忘れてはならない。本書を執筆する話は、二〇一九年四月から一年間、同社ウェブサイト上で「季何学研究所」という多言語俳句題詠企画を実施したことから持ち上がった。著者、版元の共通の想いとして、もっと日本文学や日本語を身近なものにしたい、というのがある。俳句や短歌についても、誰でもわかるように、誰でも楽しめるようにしたいという想いがある。

　この共通する想いを実現してゆくには、やはり書籍出版が良いのでは、せっかく俳句と短歌をやっているので両方を同時に扱う本が面白いのでは、という流れで、「季何学研究所」終了後、すぐに話が具体化した。しかし、俳句と短歌をどうやって同じ本で扱うべきか、比較だけで済むのか、と筆者がいつもの如く煩悶しているうちに、歳月は過ぎ、疫禍が始まり、楽園俳句会を結社したり「楽園」を創刊したりすることになり、行き詰まってしまったところ、「呵呵俳話」が奇蹟的に誕生し、版元がＯＫを出してくださり、その形式をベースに本書を書くことになった。それが二〇二一年の終わり頃である。それから、遅々としたペースで、版元の皆さまと山崎さんの全面的な協力を得ながら書き進め、ようやく刊行が見えてきた次第である。

ここまでは、制作秘話のような、苦労話のようなものであるが、懲りずに、今後も一般向けの書籍を書き続けたいと思っている。播いた種の一粒か二粒くらいは、きっとどこかで芽吹き、花咲き、結実するに違いないと思っている。

笠間書院の池田さま、村尾さま、山口さま、一緒に歩んでくださった山崎さん、「楽園」の仲間、詩歌の友人、心の家族、無数の魂に深く感謝申し上げる。

臥遊居にて　堀田季何

癸卯年如月

堀田季何（ほった・きか）

俳誌「楽園」主宰、歌誌「短歌」同人。俳句により、芸術選奨文部科学大臣新人賞、現代俳句協会賞、芝不器男俳句新人賞齋藤愼爾奨励賞、短歌により、日本歌人クラブ東京ブロック優良歌集賞、石川啄木賞。句集『亞剌比亞』・『星貌』・『人類の午後』、歌集『惑亂』、共著多数。現代俳句協会理事、国際俳句協会理事、現代歌人協会会員、日本歌人クラブ会員、日本文藝家協会会員。詩歌を中心に、多言語多形式で執筆。

協力：山崎垂

俳句ミーツ短歌

読み方・楽しみ方を案内する18章

2023年5月 5 日　初版第1刷発行
2023年9月20日　初版第2刷発行

著者 ……………… 堀田季何
イラスト ……………… 長崎訓子（PLATINUM STUDIO）
発行者 ……………… 池田圭子
発行所 ……………… 笠間書院
〒101-0064
東京都千代田区神田猿楽町2-2-3
電話03-3295-1331
FAX03-3294-0996

アートディレクション ……… 細山田光宣
装幀・デザイン ……………… 室田潤（細山田デザイン事務所）
本文組版 ……………… CAPS
印刷・製本 ……………… モリモト印刷

ISBN 978-4-305-70985-1

https://kasamashoin.jp